LOUIS DE FUNÈS

Jusqu'au bout du rire

STÉPHANE BONNOTTE

Louis de Funès

Jusqu'au bout du rire

MICHEL LAFON

Préface

Ce que je peux dire sur Louis, c'est qu'il avait un don d'improvisation incroyable. Il était extraordinaire dans ses films, c'était le mari hargneux, désagréable et de mauvaise foi, mais il le jouait tellement à la perfection qu'il en devenait désarmant et finissait par être sympathique : c'était ça son génie comique. S'il était autant apprécié, c'est peut-être aussi parce que les Français se retrouvaient un peu dans ses personnages.

Louis tournait dans la joie, il adorait travailler. Il observait énormément les gens. Il avait un petit carnet dans lequel il notait tout et quand il avait besoin d'inspiration, il puisait dedans.

Il avait un trac inimaginable : il fallait en permanence qu'il soit rassuré sur lui-même et sur les autres. C'est pour cette raison qu'il me voulait souvent à ses côtés, tout comme il souhaitait la présence de Michel Galabru et même de certains techniciens.

Un défaut ? Une certaine susceptibilité et une petite colère de temps en temps.

Ses principales qualités ? L'amitié qu'il portait à ceux qui l'aimaient et une grande générosité cachée.

Pour ma part, je n'ai que de bons souvenirs avec Louis de Funès.

Un grand merci à vous, Stéphane, pour votre gentillesse et votre compétence et pour avoir écrit ce superbe livre sur Louis de Funès.

Claude GENSAC.

Préambule

« Jambier ! Jaaaaaambieeeeer ! »

Dans une rue sombre du Paris de l'occupation allemande, un personnage trapu porteur d'une lourde valise trouble le silence de la nuit en criant à tue-tête. À ses côtés, un bonhomme craintif et mal à l'aise triture la poignée d'une autre valise en n'ayant guère l'air d'apprécier les hurlements de son compagnon. L'heure du couvre-feu est depuis longtemps dépassée et le risque de se faire pincer par la police ou, pire encore, par les soldats de la Wehrmacht le liquéfie sur place. Mais le hurleur, un dénommé Grandgil, n'en a cure et reprend de plus belle ses imprécations : « Jaaaaaambieeer ! », et comme si cela ne suffisait pas, il ajoute : « Jambier, 45, rue Poliveau ! »

Bientôt, la fenêtre vers laquelle Grandgil semble diriger ses railleries s'ouvre. Une petite tête s'immisce précautionneusement entre les volets et...

C'est une fouine ! Il n'y a pas d'autre mot pour décrire ce visage qui hume l'air de la nuit, jette à droite et à gauche des coups d'œil inquiets et fureteurs, jauge la situation à la vitesse de l'éclair puis affiche soudain une mimique de terreur et d'indignation mélangées. L'animal est pris au piège, mais il réagit promptement et les deux hommes sont introduits par Jambier-la fouine dans une cave de l'immeuble qu'il occupe. Grandgil et Martin, son compagnon, sont en fait des « porteurs de valise » d'un genre tout à fait spécial, puisqu'ils transportent clandestinement des cochonnailles pour le compte de Jambier.

On appelle ça du marché noir et les compères discutent ferme de la rémunération des deux passeurs. Jambier s'avère être un arnaqueur magistral, tour à tour écumant de rage à l'idée de lâcher un sou de plus, puis terrorisé à la perspective de se faire dénoncer par Grandgil. Ce dernier, pour mettre un terme à l'âpre négociation et obliger le commerçant à lâcher les billets qu'il réclame, s'emploie alors à percer un trou dans un sac de haricots dont il laisse le contenu se répandre sur le sol. Il n'en faut pas plus pour que Jambier, hors de lui, se précipite à la rescousse de ses pauvres haricots tout en vociférant à l'adresse de Martin : « Vous, mettez votre main ! Regardez-moi ça, des haricots de premier choix ! Vandale ! Comme si c'était le moment de gâcher la marchandise ! »

Grangil obtiendra son argent et surtout la satisfaction de voir Jambier se tortiller et gémir à la perspective de devoir à nouveau alléger son portefeuille. Cette augmentation, il la vit comme un véritable crève-cœur.

Claude Autant-Lara est estomaqué. Cette scène capitale de son dernier film, *La Traversée de Paris*, a pris une tournure bien plus conséquente que ne le prévoyait le scénario grâce à la formidable vitalité déployée par l'interprète du vil Jambier.

Dans la salle de projection où l'équipe du tournage visionne les rushes de ces quelques minutes que le réalisateur devine d'anthologie, il ne peut s'empêcher d'exprimer sa surprise et son admiration.

– Le petit, là... C'est incroyable... De son petit rôle, il a fait un grand ! Quelle présence extraordinaire !

Et de fait, c'est ce second rôle qui, dans la scène, attire tous les regards. Ce bonhomme pas très grand, sec comme un coup de trique, toujours en mouvement, fendant l'air de mains frénétiques, le corps agité de spasmes électriques d'où émerge une figure traversée à une vitesse inouïe par une succession de mimiques et de grimaces tout aussi expressives les unes que les autres, c'est bien lui qui « emporte le morceau », comme on dit au cinéma d'un acteur particulièrement inspiré. Et pourtant...

Pourtant, cet énergumène a affaire à forte partie. Il a en face de lui deux monstres sacrés du cinéma français des années 50 qui n'ont guère pour habitude de se laisser voler la vedette, Jean Gabin, dans le rôle du placide mais néanmoins déterminé Grandgil, et Bourvil, tout de bonhomie maladroite, campe le rôle de Martin. On est en 1956 et Gabin, star absolue du cinéma français des années 30, est revenu récemment au tout premier plan grâce à des films comme *Touchez pas au grisbi*, après un grand passage à vide dans les années d'après-guerre. Durant ces mêmes années, Bourvil a gagné ses galons de vedette dans des compositions alternant le registre semi-dramatique et le franchement comique. Ces deux colosses à la stature hautement intimidante, chéris du public français, ne parviennent pas malgré tout à dominer dans cette petite scène d'un grand film une extravagante boule de nerfs nommée Louis de Funès.

Extravagant, de Funès l'est à coup sûr, mais ce qui frappe toute l'équipe de *La Traversée de Paris* et le metteur en scène en premier lieu, c'est que dans tous ses débordements, il reste parfaitement crédible et même extraordinairement juste. Et de la justesse, il en fallait, car le sujet était plutôt délicat. Le personnage interprété par de Funès est essentiel à la composition du tableau peu reluisant qu'Autant-Lara compte dresser de cette période sinistre.

Pour endosser ce vilain caractère, Louis de Funès tombe à pic. Voilà presque dix ans qu'à travers un nombre invraisemblable de films, il s'est ingénié à rendre ses apparitions, en général très courtes, le plus marquantes possible. Avec une ténacité et un aplomb renversants, il s'arrange invariablement pour focaliser tous les regards dans les quelques secondes où la caméra daigne l'embrasser dans son champ de vision. Figurant parmi des dizaines de figurants, il arbore un énorme nœud papillon pour mieux se distinguer au milieu d'une masse compacte et indifférenciée. On lui demande d'incarner un portier d'hôtel ou encore un client acariâtre dans la file d'attente d'un commerce, qu'à cela ne tienne ! À force de courbettes exagérées ou de mimiques impatientes, il fait de ses figurations un moment spécial là où on ne lui demande rien de particulier. C'est d'ailleurs ce qui provoqua, semble-t-il, une légère irritation chez Gabin lors du tournage de cette même scène de *La Traversée de Paris*.

Mais Autant-Lara est confiant. Il connaît cet abonné aux seconds emplois pour lui avoir déjà confié un travail en 1953 dans sa transposition à l'écran du roman de Colette, *Le Blé en herbe*. Face à Edwige Feuillère, Louis ne s'est pas démonté, le bougre, dans un rôle de projectionniste haut en couleur. Il n'est pas non plus un inconnu pour Bourvil, qui l'a rencontré la même année sur le tournage de *Poisson d'avril*, une aimable comédie sans conséquence où de Funès lui fait subir bien des misères, dans le rôle d'un garde-pêche retors et tatillon. C'est ce dernier trait de caractère de ses personnages, combiné avec une bonne dose de mauvaise foi et d'excitabilité, qu'il cultive depuis quelque temps, car il lui semble que ce type d'emploi, antipathique au possible, lui va à ravir. Il endosse donc sans problèmes la défroque de Jambier, le vendeur de jambons (!), parce que la méchanceté, ça le connaît ! C'est même une spécialité qu'il mitonne avec maestria pour tous les producteurs ou les réalisateurs qui ont su lui laisser un peu de champ libre.

Et puis, il y a autre chose... Quelque chose qui vient de bien plus loin et qui rend son incarnation de l'odieux commerçant âpre au gain étonnante de vérité. Il y a le souvenir, pas si éloigné des situations décrites dans le film d'Autant-Lara, de ces années de guerre où il arpentait le pavé parisien à la recherche des maigres contributions qui lui permettraient de faire vivre une famille tout juste naissante. Il y a le souvenir de son mariage en 1943 quand, dans son costume emprunté à un ami, il entraînait les convives dans un restaurant pour un repas de noce payé à crédit et où le maître des lieux, suspicieux, avait troqué le poulet initialement prévu contre un boudin plutôt douteux royalement accompagné d'une purée de topinambours ! De cette époque de privations et de tickets de rationnement, il garde aussi l'amère image de ces épuisantes soirées où il n'en finissait plus de marteler son piano pour un salaire ridicule alors que, comme il le déclarera plus tard : « Je crevais de faim, et sous mes yeux, dans ma boîte de nuit, des gougnafiers se gavaient de plats payés au marché noir ! »

C'est dire si, dans le rôle de Jambier, il mettra sans nul doute une hargne rétrospective qui fera de ce personnage bien plus qu'une caricature. Tel un virtuose magnifiant une partition ingrate, il saura conférer à son emploi des accents de vérité nés d'une scrupuleuse observation de l'humanité dans tous ses états et qui vont bien au-delà du simple réalisme. « Il ira loin, l'animal », murmurent les participants du film d'Autant-Lara. Bourvil et Gabin le pensent aussi, et ils auront l'occasion plus tard de vérifier la pertinence de cette réflexion.

Malgré le statut de film culte qu'il obtiendra au fil des ans, *La Traversée de Paris* n'aura pourtant à sa sortie qu'un succès mitigé, sans doute dû à la teneur de son propos. Néanmoins, pour tous ceux du monde de la profession qui le connaissaient sans vouloir lui accorder encore un espace où il puisse déployer toute sa verve, Louis de Funès est désormais une valeur montante. Quant à ceux qui l'ignoraient, eh bien... il faudra qu'ils prennent en compte le bonhomme car dans les années qui vont suivre, même si le temps des seconds rôles n'est pas terminé, loin s'en faut, il va occuper graduellement une place incontournable dans le cinéma français.

Et au premier plan, cette fois...

CHAPITRE 1

L'idole des Trente Glorieuses

[illegible] de l'éducation

[illegible]

Dans les [illegible] bureau, dans les [illegible] de famille [illegible], qui n'a pas [illegible] cette parole [illegible] de [illegible] [illegible]

[illegible] Louis de [illegible] tellement [illegible] qu'à la manière [illegible] son seul [illegible] [illegible] ou fait [illegible]

[illegible] devait même [illegible] [illegible]

De génération en génération

« Fais pas ton de Funès, hé ! »

Dans les cours de récré comme au bureau, dans les repas de famille ou à la sortie du ciné, qui n'a pas entendu cette phrase proférée à l'encontre de quelqu'un qui teste auprès de ses copains une grimace laborieuse et peu réussie ou encore d'un ami soudain en proie à une colère vaine et cocasse ?

C'est que, toutes proportions gardées, Louis de Funès est devenu un personnage tellement familier, qu'à la manière d'un Charlie Chaplin national, on a fini par garder communément son seul patronyme afin de désigner un caractère de la vie de tous les jours. On fait son de Funès comme on fait son Charlot...

Il se disait même parfois à la sortie de la projection d'un de ses succès : « Ce de Funès, quel Charlot ! » Comment le prendre ? Comme un insigne d'honneur ou une perfidie ? À n'en pas douter, et malgré sa fierté d'Ibère à la susceptibilité un peu chatouilleuse, l'intéressé aurait opté pour la première réponse, tant il aurait été flatté du rapprochement de son nom avec celui d'un comique aussi universel que Charlot.

Cette familiarité démontre bien l'immense popularité dont a joui Louis de Funès durant les quelque quarante années de carrière qu'il mena au théâtre comme au cinéma et la marque indéniable qu'il a laissée dans l'imaginaire des Français par son talent comique rarissime, mélange de truculence inouïe et de qualités de comédien plus que solides. Et sa célébrité n'est pas restée confinée dans les frontières de l'Hexagone, loin de là...

Michel Galabru, son ami et inoubliable partenaire de la série des *Gendarme*, raconte ainsi volontiers une anecdote survenue en 1975, alors qu'il se trouvait en Algérie en compagnie du réalisateur Bertrand Tavernier pour une tournée de promotion de son dernier film, *Le Juge et l'assassin*, dont il était la vedette. Invités dans le sud du pays, les voici au milieu du Sahara, dans une oasis où une ribambelle de gamins courent après eux en hurlant. La troupe ne les lâchant pas, Galabru finit par s'interroger tout haut sur les raisons d'un tel raffut.

– C'est pour toi qu'ils crient, lui glisse Tavernier à l'oreille.

– Comment ça, pour moi ? Mais qu'est-ce qu'ils disent, j'y comprends rien ! « D'finisse, d'finisse ! », qu'est-ce que ça veut dire ?

– De Funès, voilà ce qu'ils disent !

Galabru, complètement désarçonné, se rend bien compte que ces enfants surexcités ne l'ont sûrement pas confondu avec son partenaire à l'écran. En y réfléchissant bien, l'adjudant Gerber qu'incarnait Galabru dans *Le Gendarme de Saint-Tropez*, supérieur hiérarchique du maréchal des logis-chef Cruchot-de Funès, représentait à leurs yeux joyeux un morceau d'une entité magique et lointaine : la galaxie de Funès. Et ils ne savaient même pas son vrai nom !

– Mais rien que cela suffisait amplement à leur bonheur ! conclut Galabru avec philosophie, puis il soupire... Et dire qu'on était à l'autre bout de la terre, dans ce trou perdu !

De ses premiers pas en tant que tête d'affiche à la fin des années 50, jusqu'au dernier épisode de la série des *Gendarme* en 1982, c'est une véritable histoire d'amour que Louis de Funès entretint avec le cinéma et les spectateurs des salles obscures, attestée par d'incroyables et réguliers records d'entrées pour une large majorité de ses films. D'une certaine façon, c'était comme si chaque nouvelle sortie de sa dernière pantalonnade lui redonnait l'occasion d'un rendez-vous intime et mystérieux avec cet amalgame d'êtres humains de condition sociale et de niveaux de culture différents que l'on nomme public, à une époque où les techniques de marketing et de promotion étaient loin d'être aussi sophistiquées qu'elles ne le sont aujourd'hui.

L'annonce de sa disparition le 27 janvier 1983 n'a pas vraiment entamé cette affection et pas plus, semble-t-il, que les années qui ont suivi. Louis de Funès continue de faire rire petits et grands, les générations successives amenant leur lot de nouveaux fans, et on peut bien affirmer, en paraphrasant la vieille devise du journal de Tintin, qu'il demeure « Le comique des jeunes de 7 à 77 ans ».

Pour preuve, les vidéocassettes des grands films de sa carrière que les distributeurs gardent toujours disponibles dans les magasins de location, la demande étant toujours aussi régulière. Pour preuve encore, la programmation continue de ces mêmes films à la télévision. Eh oui ! Quand l'audimat se révèle trop défaillant, passer « un de ces bons vieux de Funès » est un des remèdes miracles auxquels un directeur des programmes peut avoir recours tant leur capacité fédératrice est restée intacte. D'ailleurs, il n'y a pas là de quoi s'étonner... Pour ces technocrates férus de sondages de toute sorte, il suffit de se référer au classement que donnent les Français de leurs comiques préférés : invariablement, c'est le nom de Louis de Funès qui revient en tête.

Sa recette ? Le comique, bien sûr, mais un comique « énooooorme ! », comme il aimait à le dire, essentiellement visuel (ce qui explique sûrement son aura internationale), au service d'un personnage *« bigger than life »*, pour reprendre une terminologie américaine ou, si l'on préfère, « plus grand que la vie ».

Il y a fort à parier que si Louis de Funès avait connu notre quotidien, rythmé par l'usage des téléphones portables et de l'électronique, il en aurait conçu dix mille gags propres à se faire tordre la galerie. Quel parti aurait-il pu tirer de la vision de ces scènes banales de la vie contemporaine quand, par exemple, un employé de bureau finit, excédé, par envoyer des claques à l'écran d'un ordinateur réticent après des dizaines de manipulations fébriles et désespérées ? Ou de ce monsieur pendu à son mobile qui s'échine à se faire entendre de son correspondant en hurlant en pleine rue, faisant se retourner les passants, et pestant ensuite dans un langage très fleuri contre les défaillances de la couverture de son réseau ? À coup sûr, à partir de ces situations, Louis de Funès aurait imaginé un de ces savants délires dont il avait le secret...

Le comique n'est jamais aussi fort que quand il se base sur le réel, c'est bien connu, et les grands maîtres de cet art qu'étaient Charlie Chaplin ou Jacques Tati l'ont amplement démontré. Il existe évidemment des contre-exemples, les Marx Brothers en tout premier lieu qui, avec un canevas de pure fantaisie, faisaient éclater un feu d'artifice d'absurdités dans un univers où le réalisme était totalement absent. Mais, malgré la démesure de son personnage, et bien qu'il ait participé au début des années 50 à cette aventure du non-sens et de l'absurde qu'étaient Les Branquignols, Louis de Funès part d'une stricte observation de la réalité pour élaborer son comique. L'un des soucis majeurs de son travail d'artiste réside en effet dans la recherche de la justesse de caractère, et c'est peut-être cette préoccupation qui le rend si familier et si proche du public.

Et si les spectateurs ne se reconnaissent pas en de Funès au premier abord, il est certain qu'ils connaissent ses différents personnages. Qui n'a pas eu un jour affaire à ce genre d'individus antipathiques ? Cet acariâtre voisin du dessous, toujours prompt à cogner son plafond avec un manche à balai quand votre radio est trop forte à son goût. Un automobiliste discourtois qui n'a d'yeux que pour sa carrosserie à peine éraflée par un tout petit accident de rien du tout causé par une dame, et qui s'insurge contre les femmes au volant. L'épicier près de ses sous qui refuse de vous céder une misérable salade tant qu'il vous manque dix centimes. Des situations que Louis de Funès a interprétées à l'écran, dans le rôle du « vilain pas beau », bien entendu, et avec une maîtrise dans l'expression de la méchanceté qui n'a pas eu d'égal depuis. Mais s'il ne s'agissait que de cela, Louis de Funès serait resté un petit bonhomme drolatique dont on est ravi de se gausser d'une manière un peu hautaine et méprisante, et il serait resté cantonné dans des seconds rôles, efficaces certes, mais peu propices à émouvoir le public.

Tout le talent de ce travailleur infatigable est d'avoir questionné sans cesse son personnage, de s'être rendu compte de ses limites, puis de l'avoir nourri d'une tonne de détails et d'annotations, réalistes ou fantaisistes, jusqu'à l'élever enfin à un archétype dc faux jeton sublime que lui seul était en mesure d'interpréter avec un fond de vérité troublant.

Le comique préféré des Français

Deux décennies après sa mort, on parle donc toujours de ce grand comique qu'a été Louis de Funès. Les sorties DVD de ses films sont l'occasion pour un jeune public de le découvrir, pour les autres d'entretenir une flamme qui ne s'est jamais véritablement éteinte. On peut s'interroger sur les raisons de cette cote d'amour qui ne faiblit pas.

En fait, l'une des raisons est évidemment le génie comique de De Funès, mais d'autres génies, on le sait, sont tombés dans l'oubli. Alors pourquoi l'œuvre du grand Louis séduit-elle toujours autant le public ?

Dès le début de sa carrière, Louis de Funès joue un certain nombre d'irascibles savoureux et, au fur et à mesure que ses rôles gagnent en importance, les réalisateurs, les scénaristes, les producteurs le poussent vers ce personnage que représente aujourd'hui l'acteur. C'est le public qui réclame à nouveau cet incroyable excité, ce colérique coloré.

Les Français adorent ce personnage auquel ils peuvent s'identifier ou identifier leur voisin : le Français moyen qui rugit, qui tempête mais qui ne se révolte pas. Il hurle contre la police, les voisins, le curé du village, les taxes. Il exprime tout haut ce que tout le monde pense tout bas : il érige sa propre vie comme vérité absolue ! Le curé sera béni si on a besoin de lui, viré s'il dérange. On ne saurait réagir ainsi dans la vie, et pourtant on le souhaiterait. On respectera volontiers quelqu'un quand on se trouve en face de lui, et sitôt le dos tourné, on lui fera une grimace. De Funès apparaît donc comme un exutoire. Il aide les gens à se guérir de leur propre agressivité, de leur frustration sociale en exhibant leurs défauts condamnables, et néanmoins humains.

L'intelligence de De Funès, c'est d'avoir découvert cela très tôt dans sa carrière. Il s'est entièrement donné à son public. Et c'est ce public qui a créé le personnage de Louis de Funès. *Oscar* en est un exemple évident. La pièce devait être jouée pendant un mois. Les trente jours sont devenus sept cents. Il « invente » tous les soirs. Comprenons qu'il s'adapte à son public afin de mieux le contenter et le rendre heureux. De Funès compose et peut ainsi étirer la pièce à volonté. À cette très fine sensibilité vis-à-vis du public qui se déplace en masse pour le voir, s'adjoint une grande humilité puisque de Funès essaie des mimiques et, si la salle ne réagit pas, il tente autre chose. De Funès n'est pas seulement un acteur, mais aussi un créateur. Dans *Oscar*, il est considéré comme un « adaptateur ». Du jamais vu.

Son succès est proportionnel à la dépense d'énergie qu'il produit pour chaque film : à croire que Louis de Funès a tellement mangé de la vache enragée, qu'il n'a pas voulu usurper son triomphe. Chaque film pour lui est l'occasion de s'interroger sur la perfectibilité de son jeu. Ce degré d'exigence a fait passer le comédien de petites productions à de plus grandes jusqu'à ce que le film ne soit plus que le prétexte pour qu'il fasse son numéro. Les gens ne vont plus voir un film particulier avec Louis de Funès, ils se déplacent pour un film de De Funès ! Qu'importe le metteur en scène, c'est lui qu'on est venu voir et cela depuis *Oscar* au théâtre. D'une pièce moyenne, il a réussi à en faire son festival. Comme Bébel dans les années 70, le seul nom de De Funès suffit à rameuter les foules. Car privé de rôles importants pendant des années, il dévore désormais tout sur son passage. Il se veut omniprésent, contrôlant tout, répétant tout, allant jusqu'à donner des indications de mise en scène, et des directives pour le montage. Les films avec Louis de Funès portent alors sa griffe, son style inimitable. Le public se précipite d'autant plus qu'il sait ce qu'il va voir. Après *Le Gendarme à New York*, les gendarmes l'acclament et lui demandent des autographes. Preuve qu'ils l'adoptent dans la brigade ! De même l'homme d'affaires, l'industriel, le gourmet, tous se sont mis à reconnaître en lui l'ami, le frère...

Le prodigieux succès de *L'Aile ou la cuisse*, après trois années d'absence suite à un infarctus, témoigne de cette fidélité indéfectible du public à son égard.

L'ascension sociale

L'avènement de la Ve République en 1958 coïncide avec un tournant dans la carrière de Louis de Funès. Son nom trône maintenant régulièrement en haut des têtes d'affiche, ce qui lui donne une entière liberté d'agir quant au choix de ses rôles. Avec l'aide précieuse de sa femme, Jeanne, il recherche à tâtons et sans trop bien savoir ce qu'il veut, un personnage pas trop vieillot, dynamique et surtout très différent des normes imposées par des producteurs qui ne le voyaient, du fait de son physique, que dans un type d'emplois très limité. Tour à tour garde-pêche et braconnier, petit commerçant ou chauffeur de taxi, modeste employé de bureau ou voisin inquisiteur, sans oublier l'indispensable mari cocu sans lequel ni le cinéma, ni le théâtre français ne seraient ce qu'ils sont !... Il incarne trop souvent à son goût des caractères mineurs, alourdis de surcroît à l'occasion par de pittoresques accents de terroir parfaitement inutiles.

Ce qu'il veut, c'est parler de sa propre voix, avec son propre accent, se déplacer sur le plateau à sa façon, précise et millimétrée, dans des situations qu'il peut enrichir et développer en suivant sa fantaisie et son goût du détail. Il est d'accord pour continuer à faire le méchant, puisqu'il semble que ce costume lui aille à ravir, mais en y mettant une condition, et de taille : il faut que ce méchant ait du poids, qu'il ait une dimension incontournable du fait de sa position sociale. Ce méchant doit être bien plus consistant que les rôles de simples fâcheux qu'on lui a demandé d'interpréter jusqu'à présent. À Gérard Oury, il dira souvent : « Gérard, écris-moi un beau salopard, une belle ordure ! » Rêve exaucé à plusieurs reprises...

Louis de Funès n'a rien d'un intellectuel, mais il a beaucoup réfléchi et travaillé sur les ressorts du comique. Au-delà des pitreries et des grimaces qu'il faut tout de même savoir maîtriser, il a compris que des mécanismes secrets présidaient au jaillissement de cette pulsion incontrôlée qu'est le rire. Il en a même élaboré une théorie, qui tient en peu de mots, et qu'il expose avec la modestie de celui qui vous dira qu'il n'a rien inventé : « Le ressort comique est toujours pareil : la hiérarchie... Le fait que quelqu'un soit obligé d'obéir à quelqu'un d'autre parce qu'il se trouve être son supérieur m'a toujours fait beaucoup rire... »

En suivant attentivement la filmographie de Louis de Funès on s'aperçoit que plus ses rôles gagnent en épaisseur, plus il gravit les échelons d'une promotion sociale : de braconnier, chauffeur de taxi, barman, épicier à la fin des années 50, il passe à des rôles de commissaire, gendarme, directeur de société, P-DG dans les années 60. Son ascension sociale à l'écran correspond à celle qu'il a dans la vie en passant de second à premier rôle. Il ne quittera plus les premiers rôles et les années 70 le verront endosser avec un égal bonheur son costume de gendarme ou celui de directeur. Tout comme il n'habitera plus avec sa petite famille dans des appartements médiocres, mais grâce à sa réussite (tardive), il les promènera dans des maisons plus cossues.

Cette réussite, il la doit avant tout à lui-même, à son acharnement incroyable, au fait qu'il parvienne à transformer un tout petit rôle en un vrai second rôle... C'est cette implication magistrale qui a fait que Gérard Oury a pu concevoir dès *Le crime ne paie pas*, où de Funès ne joue qu'une toute petite scène, des films tels que *La Grande Vadrouille*, *Le Corniaud* ou encore *Les Aventures de Rabbi Jacob*. De Funès a aussi quelque chose pour lui que les autres n'ont pas forcément, c'est l'expérience. Il a joué dans près de quatre-vingts films avant d'obtenir pour la première fois un rôle important dans *Ah ! Les Belles Bacchantes !*

C'est dire que son génie est aussi le fruit de nombreuses années d'apprentissage et de recherche. Il faut lui donner sa chance pour qu'il explose et c'est sa maturité qui le conduit à porter des films entiers sur ses épaules. L'ascension sociale a aussi ses revers : son degré d'investissement dans un film est tel qu'il mettra souvent sa santé en péril.

Dès que le public a repéré ce trublion et que les metteurs en scène ont voulu l'utiliser un peu plus, les scénaristes et les auteurs se sont attelés à leur machine à écrire pour développer des rôles pour lui. Robert Dhéry lui écrit *La Grosse Valse*, Claude Chabrol un vaudeville nommé *Les Mains d'Hippolyte* (projet jamais abouti), Gérard Oury, *Rabbi Jacob, La Folie des grandeurs*, sans compter *La Grande Vadrouille* et *Le Corniaud*, mais aussi *Le Crocodile* (resté dans les tiroirs)...

On peut dire qu'il y a trois périodes bien distinctes dans la carrière de De Funès, celle de la vache enragée, où de petits boulots en petits cachets Fufu se fait doucement connaître ; le moment où, habitué à de petits rôles, il se fait remarquer et décroche des premiers rôles ; et enfin le vedettariat. Louis de Funès n'avait pas imaginé devenir un jour une vedette, une star connue dans le monde entier. *Le Gendarme de Saint-Tropez* lui donne un avant-goût de ce statut, mais rien ne peut laisser présager le succès du *Corniaud*, et celui encore plus phénoménal de *La Grande Vadrouille*. Bourvil, avec beaucoup de gentillesse, accepte le nom de De Funès à côté du sien, en haut de l'affiche, au-dessus du titre : *Le Corniaud*. De Funès est très sensible à cette attention qui témoigne de sa nouvelle promotion. Trait typique du caractère de Louis de Funès : il veut mériter son succès alors il augmente son degré d'exigence de qualité. Tous les films où il sera en vedette seront de véritables « one-man show ».

À divers moments de sa vie, Louis de Funès a caressé l'idée d'être producteur de ses films, ou même d'en assumer la réalisation... À cet égard, il est stupéfiant de se rendre compte qu'après le succès incroyable de *La Grande Vadrouille*, peu de grands metteurs en scène se sont penchés sur le cas de Funès. Seul Roman Polanski lui a fait une proposition, mais qui n'a pas vu le jour. De Funès rêvait de faire un film comique parfait... Son ascension s'est arrêtée là, il est devenu le comique préféré des Français mais il n'a pas franchi le pas de diriger un film... Hormis peut-être *L'Avare*. D'ailleurs, en vieillissant, il regarde avec beaucoup plus d'attention les scénarios qui lui parviennent, et son rôle tardif dans la pièce de Molière en 1980 trahit son désir grandissant d'entrer dans la postérité.

De Funès le dit lui-même : « Je ne veux plus partir avec des textes pas finis, des trucs que l'on me demande d'inventer, que l'on émousse en les réalisant... Je cherche des horlogers, comme Oury. (...) Le rire est trop sérieux. Je le respecte autant que mon public ! »

Devant le succès formidable qu'il rencontre dans l'Hexagone, les Américains ont voulu exporter le phénomène, mais Louis de Funès ne s'est jamais laissé séduire par le rêve américain. Cause invoquée auprès des producteurs : il ne veut pas laisser son jardin de Saint-Clair-sur-Epte à l'abandon ! On retrouve ainsi un héros populaire national, tellement attaché à son pays qu'il n'envisage pas de le quitter, l'ascension sociale atteignant la limite que pose son humanisme, celui de vivre bien, entouré des siens, jouissant des bonnes choses de la vie qui pour lui sont toujours restées des repères fondamentaux, garants de son équilibre.

Miroir de la france gaullienne

Le président Georges Pompidou a dit un jour à Louis de Funès : « Vous êtes plus connu que moi ! » Dans le cœur des Français, l'effigie du comique supplante celle du président de la République... Cette anecdote révèle à quel point le public français s'identifie à un tel personnage. D'apparence rassurante, ni vraiment beau, ni vraiment jeune, engoncé dans des complets de couleur grise, Louis de Funès illustre à la perfection la situation du Français de l'époque mais avec quelque chose en plus : une exaspération permanente et dévastatrice qui repousse le personnage dans ses derniers retranchements, pour le plus grand bonheur des spectateurs !

Pour arriver à ce résultat, Louis comprend, au seuil des années 60, que la clé qui lui permettra d'atteindre le cœur du public et surtout d'amener ce même public à une compréhension instantanée de ses desseins est la position sociale de ses personnages. C'est là son trait de génie !

De Funès porte en lui tous les germes d'une société qui va exploser, il représente dans ses films une certaine image de la France qui doit se confronter aux idées nouvelles. Souvent fier de sa situation, il cristallise toutes les préoccupations et les inquiétudes de son état. Qu'il incarne Pivert de *Rabbi Jacob*, Daubray-Lacaze de *La Zizanie*, Cruchot des *Gendarme* ou un simple P-DG dans *Oscar*, il campe un personnage en décalage, voire en conflit par rapport à son époque, sans cesse confronté à des problèmes d'adaptation : c'est le modernisme en premier lieu qui est dans la ligne de mire, la fracture avec ce qui, pour de Funès, figure une normalité au-dessus de tout soupçon. Pourtant, il est contraint d'y mettre du sien pour vivre dans une société qui ne le laisse plus tranquille : ainsi il va jusqu'à fumer un pétard avec des hippies dans *Le Gendarme en balade*.

Son excitation, ses pétages de plomb, c'est sa réaction face à un monde qui menace de s'écrouler et auquel il appartient (*Jo, Oscar, L'Aile ou la cuisse,* etc.). Beaucoup de ses films montrent alors de Funès déchaîné, tentant de recoller les morceaux (*Les Grandes Vacances, L'Avare*). Certaines scènes de *La Soupe aux choux* sont même emplies d'une tendresse mélancolique et l'on quitte le comique pour entrer dans un registre plus sombre : l'acteur n'a plus l'énergie suffisante pour dynamiter la situation et c'est le drame qui l'emporte. Le monde du Glaude est un monde de vieilles valeurs révolues. Le P-DG est devenu un pépé à l'heure du mitterrandisme.

De Funès attire la sympathie car il donne à voir un être rigide dans ses principes, un être d'immobilisme qui pourtant sait bouger, ne reste pas inactif et affronte les problèmes en les prenant à bras-le-corps. Il montre à la fois un côté conservateur en n'adhérant pas à la nouveauté, mais annonce déjà les événements de 68 et ses conséquences en mettant en relief notre étroitesse d'esprit, nos idées arrêtées : Gérard Oury a d'ailleurs fait un film entier sur les préjugés raciaux avec *Rabbi Jacob*.

Le personnage de De Funès perpétue l'idée d'une France bourgeoise, bien élevée, dont on s'amuse finalement car il ne se contente pas de frapper là où ça fait mal, il propose des solutions ! Dans *L'Aile ou la cuisse*, Charles Duchemin représente la cuisine traditionnelle française, le bon goût culinaire jeté aux oubliettes par l'infâme Tricatel (la nourriture industrielle à laquelle personne ne pourra échapper...). Si son esprit conservateur ne comprend pas la jeunesse (Coluche, son fils, veut faire du cirque au grand désespoir de son père...), Duchemin a pourtant inculqué à son fils toutes les valeurs françaises qui font de lui son digne héritier. À cet égard, la scène où il goûte du vin est très représentative. De Funès incarne des valeurs passées qui trouvent un écho dans la jeunesse d'après 68. Certains de ses films montrent du doigt ce qu'il ne faut pas perdre. *La Soupe aux choux* en est un exemple frappant et tire la sonnette d'alarme : ne jetez pas à la poubelle tout ce qui nous identifie comme français.

De Funès, c'est aussi l'importance primordiale de la position sociale : son personnage s'agenouille devant les grands de ce monde, et rabaisse les inférieurs... La société apparaît comme une vaste farce, où la hiérarchie domine. La grande valeur à conserver demeure la famille, avec tout ce qu'elle peut véhiculer : le respect des institutions (le mariage, qu'il reprendra dans *L'Avare*, la cuisine dans *L'Aile ou la cuisse*, ou bien la propriété dans *Jo* et la série des *Gendarme*, etc.) et le respect des bienséances (le bien recevoir, une des règles essentielles de savoir-vivre, galvaudé dans l'un des restaurants critiqués par le guide Duchemin dans *L'Aile ou la cuisse*, lorsque de Funès, déguisé en petite vieille, réclame en vain son eau minérale !).

Le personnage de De Funès est également un père attentif, soucieux de l'éducation de ses enfants et préoccupé par leurs dérives. C'est Maurice Risch qu'il faut aller récupérer en Angleterre dans *Les Grandes Vacances*, c'est Duchemin qui se donne en spectacle dans le numéro de son fils pour mieux le désamorcer dans *L'Aile ou la cuisse*, c'est *L'Homme orchestre* d'une troupe de ballet, essentiellement composée de filles qu'il empêche de sortir le soir pour qu'elles soient plus performantes, etc. On l'aura compris, les exemples sont multiples.

La grande force de l'acteur consiste à rendre son personnage sympathique en lui donnant un aspect humain. En effet, de Funès n'hésite pas à dévoiler les faiblesses du personnage en question qui perd bien souvent le contrôle sur son petit monde. Se craquelant, il gémit, il ment, il cherche consolation auprès de sa femme, il dissimule, bref il ressemble à tout individu de chair et de sang confronté aux problèmes de la vie quotidienne. Le trait est forcé, certes ! Mais c'est pour mieux extraire le caractère du personnage.

L'humanité de Louis de Funès le pousse à évoluer sans se remettre en question, d'où la farce, le grotesque et le comique qui peuvent découler d'un tel paradoxe. Car même si le personnage fait croire qu'il se plie à d'autres exigences que les siennes, il rétablit vite la situation à son profit et fait preuve d'une grande fraîcheur, d'une rouerie et d'une énergie qui le rendent d'autant plus attachant et riche intérieurement.

Le public, même s'il ne le dit pas, se retrouve donc dans ce personnage typiquement français et défendant sa place dans la société française. Ce qui tient du miracle, c'est que le magicien de Funès parvient à sortir ce personnage de sa condition, à lui offrir un dépassement réjouissant pour tous, un retentissement inoubliable : voilà le Français moyen paré d'une aura en forme de feu d'artifice !

CHAPITRE 2

Ni vu ni connu : du pianiste aux Branquignols

« Je ne regrette pas la lenteur avec laquelle ma carrière s'est développée. Elle m'a permis de connaître à fond mon métier. Quand j'étais encore inconnu, j'essayais de colorer, par des détails, des mimiques, des gestes, les petits rôles qu'on me confiait. J'ai acquis ainsi un certain bagage comique sans lequel je ne pourrais pas faire la carrière que je mène. C'est pourquoi, si c'était à refaire, je recommencerais. »

Louis DE FUNÈS.

Une enfance mouvementée

Carlos Luis de Funès de Galarza et Leonor Soto Reguera, famille émigrée d'Espagne, viennent s'installer en France. Le 31 juillet 1914 à Courbevoie, évitant les premières balles perdues de la Grande Guerre, voit le jour Louis Germain David de Funès, dernier héritier de la famille, après Maria et Carlos, ses aînés. Un petit bonhomme qui deviendra par la suite l'un des comiques les plus populaires du XXe siècle.

Tout au long de son existence, Louis de Funès se souviendra d'images marquantes de son enfance et en particulier de celles de sa mère qui fut, à son insu, son premier modèle de comédie. Cette source d'inspiration le suivra d'ailleurs toute sa vie d'acteur ; du commissaire Juve au maréchal des logis-chef Cruchot, en passant par Oscar, Louis de Funès puisera au plus profond de lui-même, dans ses souvenirs d'enfance. « Il arrivait à ma mère de me courser autour de la table en criant "Yé vais té toué", dans sa façon d'être et d'agir, elle possédait sans le savoir, le génie des planches. » De Funès s'en inspirera beaucoup, notamment dans une scène de *L'Avare* où il court après Maître Jacques (Michel Galabru).

À l'école, le petit de Funès pense essentiellement à distraire ses camarades, ce qui lui vaut de nombreux sacs de billes ; en revanche, il récolte de temps à autre de mauvaises notes, ce qui provoque les colères familiales.

La famille de Funès quitte Courbevoie pour s'installer dans une petite maison avec un jardinet dans le Val-de-Marne. Louis de Funès connaît ses premières joies de jardinier en aidant ses parents à cultiver des légumes et des fleurs.

À l'époque, Petit Louis est champion de course à pied... surtout pour rentrer de l'école. Car aussitôt arrivé chez lui, dans le jardin, il joue des petites pièces improvisées devant son public familial. Louis, enfant, a déjà le sens inné de la comédie à la grande tristesse de ses professeurs. Pensionnat, école stricte, rien n'y fait, Louis accumule les mauvaises notes, piquet, bonnet d'âne et punitions. Le petit Louis ne pense qu'à une chose : amuser la galerie. Il découvre par ailleurs d'autres centres d'intérêt comme la pêche, qui deviendra l'un de ses passe-temps préférés en son château de Clermont-sur-Loire, ainsi que la musique qui, pendant de nombreuses années, nourrira sa famille.

C'est à l'âge de douze ans que Louis fait véritablement ses débuts sur scène : en effet, en 1926, le collège Jules-Ferry fête son cinquantenaire et organise avec ses élèves un grand spectacle au théâtre municipal de Coulommiers. Dans la pièce choisie pour commémorer cet anniversaire, *Le Royal Dindon* de Bodèse, Louis de Funès excelle en gesticulant dans tous les sens. Le journaliste local présent sur les lieux ne s'y trompera pas : « La piécette délicieuse de Bodèse fut superbement interprétée par plusieurs de nos jeunes concitoyens prodiges, en tête desquels nous devons féliciter Louis de Funès. » Il s'agit là du premier papier sur l'acteur !

À la période de l'adolescence, le jeune Louis en a assez de l'école et veut trouver un travail pour gagner sa vie. C'est le début de nombreuses années de galère. Pour commencer, il entre sur les conseils de son père à l'école professionnelle de la fourrure. C'est là qu'il apprend tout ce qui lui servira dans le film de Gérard Oury, *Les Aventures de Rabbi Jacob*, car cette école compte de nombreux apprentis juifs, ce qui explique qu'il ait joué ces scènes avec tant de cœur. Mais Louis de Funès passe d'un métier à un autre sans jamais s'y arrêter car, finalement, rien ne lui plaît. Congédié pour avoir lancé sur le canari d'un directeur un jet d'épingles ou encore pour avoir envoyé un seau d'eau à la figure d'un autre, Louis se fait remonter les bretelles sans cesse par sa famille qui lui ordonne une bonne fois pour toutes de rentrer dans le droit chemin. Sa mère voudrait qu'il devienne curé, mais malgré sa foi prononcée pour le catholicisme, Louis se passionne davantage pour le cinéma et les premières images de la télévision.

Il continue d'aller de petit boulot en petit boulot jusqu'au jour où, lassés de le voir se faire renvoyer, ses parents l'inscrivent à l'ETPC (École technique de photographie et de cinéma). Louis y croise Germaine Dulac qui lui donne des cours de mise en scène et surtout Henri Ducae, l'un des plus grands directeurs photo de l'histoire du cinéma français. Plus tard, celui-ci mettra de Funès en image pour des films comme *Le Corniaud* et *La Folie des grandeurs*.

Mais Louis de Funès n'est pour l'instant pas inspiré par ces métiers artistiques ; il continue à vagabonder entre deux travaux et, parce qu'il a un bon coup de crayon, décide d'être dessinateur industriel. Peine perdue ! il est renvoyé quelques jours après son embauche. Ensuite, Louis se fait engager par un fabricant d'automobiles, puis s'essaie aide-comptable. Il n'a malheureusement pas plus de chance dans les comptes que partout ailleurs.

1934 : Louis de Funès a vingt ans et est appelé sous les drapeaux à servir la France, mais même l'armée ne veut pas de lui, du fait de sa petite taille (1,64 m) et de son poids plume (55 kg). Il est réformé. Louis prendra sa revanche bien plus tard en maréchal des logis-chef Cruchot au cinéma et en menant à la baguette ses subordonnés.

Louis continue d'éplucher les petites annonces et s'improvise étalagiste dans une grande surface. C'est rapidement le retour à la case départ.

Le pianiste guignol

Sa rencontre, en 1936, avec Germaine Élodie Carroyer qui deviendra sa première femme est décisive. Il décide enfin de faire quelque chose qui lui plaît : musicien dans les pianos-bars. Il est assez mal payé par rapport aux heures qu'il effectue, mais il mange à sa faim grâce aux restes des cuisines du restaurant.

Louis a vingt-cinq ans lorsque la Seconde Guerre éclate. Bien que réformé, il est bon pour un engagement passif où, à l'abri de l'attaque ennemie, il se familiarise de plus en plus avec les planches, notamment dans des tours de chants de Maurice Chevalier.

De retour à la vie civile, il retrouve sa femme mais son mariage bat de l'aile. Comme si cela ne suffisait pas, il apprend la mort de son frère, Carlos, tué dans les tranchées des Ardennes. « Je crois que dans la vie, j'ai toujours eu de la chance. Tenez, par exemple, pendant la guerre, je circulais en voiture, j'arrivais toujours avant ou après une attaque, mais jamais je ne me trouvais dedans, alors que mon frère, lui, a toujours eu de la malchance partout, il arrivait toujours en plein dedans. »

C'est l'époque du marché noir, où les magasins

sont à moitié vides. Une époque qui n'est pas sans rappeler celle qui est dépeinte dans *La Traversée de Paris*.

Louis persiste à jouer du piano dans les bars et les night-clubs pour gagner modestement sa vie. Il va de cabaret en cabaret et croise certains collègues comme Eddie Barclay, ou encore Darry Cowl. Il effectue quelques remplacements musicaux aux Trois Baudets et notre musicien, tel un pianiste au cinéma, commence à attirer les regards, grâce à ses interprétations improvisées souvent burlesques et accompagnées des premières mimiques qui le rendront plus tard célèbre. Il ne sait pas lire les notes, mais il a une très bonne oreille musicale, ce qui lui permet de retrouver des airs très connus pour le plus grand plaisir de ses admirateurs.

En novembre 1942, tandis qu'est prononcé son divorce d'avec sa femme, Louis rencontre dans des cours de théâtre celle qui le suivra jusqu'au bout du rire : Jeanne, future madame de Funès, héritière de la famille des Maupassant. Louis de Funès l'invite souvent, dans la boîte où il se produit, à manger du homard, qu'on retient inévitablement sur sa paye. Évidemment, Jeanne ne se doute de rien : premiers signes d'une générosité cachée.

Louis donne des cours de piano le jour et joue la nuit dans les bars et les caveaux parisiens. Il n'arrête pas, illustrant l'adage : « Le travail, c'est la santé. »

« Quand je me levais de mon tabouret, à l'aube, explique Louis de Funès, j'étais complètement raide, un peu Erich von Stroheim dans *La Grande Illusion*. »

Les vaches maigres

Un soir de 1942, après avoir longuement pesé le pour et le contre, Louis annonce à Jeanne qu'il a décidé de devenir comédien. C'est donc à l'âge de vingt-huit ans qu'il s'inscrit au célèbre cours René Simon et réussit brillamment son concours d'entrée avec une scène de Molière ; raison pour laquelle il vouera toute sa vie un culte pour l'auteur et lui rendra hommage à sa manière dans *L'Avare*. Le problème, c'est que le comédien en herbe n'a pas l'argent pour payer ses cours. Alors René Simon lui fait comprendre qu'il ne lui doit rien. Louis n'oubliera jamais ce jour-là.

À ses cours, Louis fait la connaissance de nombreux comédiens, dont Daniel Gélin qui lui permet de faire sa première figuration, salle Pleyel, dans la pièce *L'Amant de paille* en 1943. Gélin fait partie de ceux qui l'ont toujours encouragé et qui lui ont permis d'avoir confiance en lui. Par reconnaissance, Louis l'appellera « Ma chance », à chaque fois qu'il le croisera.

En avril 1943, Jeanne-Augustine Barthélemy de Maupassant épouse Louis de Funès de Galarza.

L'époque des vaches maigres n'est malheureusement toujours pas révolue pour le couple de Funès. Louis continue de pianoter à droite et à gauche pour arrondir ses fins de mois, d'autant plus que la famille va s'agrandir au début de l'année 1944 avec l'arrivée d'un petit Patrick. À partir de cette date, il ne cessera de se surpasser pour nourrir les siens.

Des figurations aux petits rôles

Toujours grâce à Daniel Gélin, Louis décroche sa première figuration en 1945 dans *La Tentation de Barbizon* de Jean Stelli. « J'en ai ouvert et fermé des portes, si vous saviez, avant d'y arriver », déclare un jour de Funès. Le pianiste aux allures de guignol devra en effet produire une kyrielle d'apparitions avant d'être repéré.

Plus de soixante films séparent ses débuts en 1945 et l'année de *Ah ! Les Belles Bacchantes !*, première rencontre professionnelle avec l'équipe Dhéry dite « Les Branquignols » qui va lui donner un sacré coup de pouce. Mais pendant de longues années, de Funès va être un petit figurant parmi tant d'autres, un modeste pianiste de bar romantique. Il profite d'être à l'ombre des projecteurs pour faire son apprentissage, et prête tout particulièrement attention aux attitudes des gens. Des comportements que de Funès, tout au long de sa carrière, notera sur un petit carnet dans lequel il puisera pour incarner ses personnages.

Dans *Antoine et Antoinette,* Louis croise les regards de Jacques Becker, de Jean Richard et du jeune premier Gérard Oury. Il retrouvera ces deux derniers tout au long de sa carrière, notamment dans *Du Guesclin* où Oury mémorise à jamais ce petit comédien nerveux.

En 1946, dans la pièce *Winterset,* il fait la connaissance du jeune Jean Carmet, puis il se produit dans un spectacle de Max Revol.

Le 11 août 1947, un autre bonheur arrive dans le foyer des De Funès avec la naissance d'un petit Olivier, qui rejoindra un jour son père sur les plateaux de cinéma.

C'est la passion pour son métier qui permet à Louis de Funès de ne jamais baisser les bras. C'est parce qu'il est sûr d'y arriver un jour qu'il continue à courir après les cachets de figurations. Il sait que l'émotion le traverse et que rien ne peut l'arrêter. Il veut aller jusqu'au bout, avec son regard, ses gestes, sa voix et tout ce qui le caractérise.

Sur les plateaux de tournage, il croise des acteurs prestigieux qui le font rêver comme Pierre Brasseur, Noël Roquevert, Luis Mariano, Raymond Rouleau, Pierre Fresnay, Fernandel, Bourvil, Louis Jouvet, Michel Simon, Sacha Guitry, Jean Marais, Bernard Blier, Edwige Feuillère, Arletty, Jean Gabin ou encore un certain Robert Dhéry...

Louis de Funès envie Robert Dhéry et ses Branquignols, il aimerait les rejoindre, mais il est timide et n'ose pas les aborder. D'ailleurs, qui voudrait faire jouer la comédie à un petit pianiste de cabaret...

Comme le Tout-Paris, Louis a entendu parler d'eux en 1948, avec cette nouvelle revue burlesque, baptisée initialement *Les Gaufrettes* et qui deviendra *Les Branquignols*. Robert Dhéry et sa femme Colette Brosset utilisent tous les subterfuges possibles pour se faire connaître ; ils lancent par exemple trois fois plus d'invitations qu'il n'y a de fauteuils dans leur salle de spectacle et un jour, ça marche, c'est le miracle, tout le monde se rue !

Plus tard, Louis de Funès viendra agrandir la troupe, mais son heure n'a pas encore sonné. Il continue à auditionner pour le théâtre et pour le cinéma, même pour une unique réplique. Dans *Mission à Tanger*, il lance habillé en général à Raymond Rouleau, cette phrase osée mais authentique : « Allez-y Franco, mon général ! »

Louis de Funès occupe des petits rôles face à des comédiens en tête d'affiche. Dans *Dominique et Dominique*, il a une dizaine de répliques, pas plus, mais il est étonnant. Jacques François, le premier rôle, se souvient lui avoir dit textuellement : « Je trouve que vous avez parfaitement joué votre rôle et je pense que vous avez de l'avenir... »

Le jour où, devenu une grande star, Louis rappellera ces mots à son ancien partenaire, il ajoutera : « Vous aviez raison, j'avais un certain avenir. » Raymond Rouleau, qui a mis en scène cette pièce et qui a de l'estime pour Louis, lui fait comprendre que pour y arriver dans ce métier, il faut drôlement « emmerder » les gens.

Louis de Funès n'a pas attendu son conseil pour se faire valoir auprès de la profession. Mais l'époque est toujours aux rendez-vous manqués. De Funès est cependant inépuisable ; il ne se décourage jamais et trouve même le temps d'aller à la pêche car, dit-il, « il n'y a pas plus beau que de pêcher un peu de silence ».

Le 16 décembre 1949, Louis va au cinéma voir le film *Les Branquignols* ; il a un petit pincement au cœur quand il se rend compte que certains de ses amis comme Carmet ou Duvaleix sont de la partie. Il décide enfin de vaincre sa timidité et d'exposer au couple Dhéry son envie de travailler avec eux.

Louis de Funès n'a pas le temps de s'amuser : pianiste, il exécute aussi différents numéros au cabaret, ou encore il double les films italiens de l'acteur Totó. Il continue sans relâche sa course folle à travers les studios de la capitale et attend le grand jour. Il ne désespère pas et se répète que d'autres y sont arrivés alors, pourquoi pas lui ?

1950, c'est la première rencontre de Louis avec une de ses idoles, Fernandel, dans *Boniface somnambule*. Louis dira de ce dernier dans une interview : « À l'époque de mes débuts, Fernandel me fit tourner auprès de lui plusieurs petits rôles et me donna mille conseils qui me sont toujours très utiles aujourd'hui. » Quant à Fernandel, il fera l'éloge de Louis de Funès devenu célèbre : « Les gens ont mis vingt ans à s'apercevoir qu'il faisait rire. Aujourd'hui, c'est notre plus grande vedette commerciale, et je suis très heureux que ce soit un comique. »

En 1951, Louis tourne quatre courts et moyens métrages qui ont souvent pour but de faire patienter le public dans les salles. Ce sont pour le futur grand comédien des cartes de visite qui le familiarisent avec les gens du cinéma et les spectateurs cinéphiles. C'est aussi l'année de la sortie du film *La Poison* et de la rencontre avec Sacha Guitry et Michel Simon, deux monstres sacrés aux yeux de Louis. Ce film, repris cinquante ans plus tard par Becker, sera rebaptisé *Un crime au Paradis*. Le maître Guitry lui dédicacera à cette occasion un dessin en y inscrivant « À Louis de Funès, excellent comédien », signé « Sacha Guitry, dessinateur médiocre ».

C'est au début des années 50 que Louis commence véritablement à imposer ces personnages veules qui seront par la suite l'archétype de tous ses héros. En effet, il comprend que son comique est des plus efficaces lorsqu'il incarne des gens typiques du paysage français. Il caricature également tous ses personnages en accentuant le plus possible les rapports « dominant-dominé ».

Louis enchaîne avec la pièce de Feydeau, *La Puce à l'oreille*, où il interprète le personnage d'Augustin Ferraillon, un maître d'hôtel. Il fait la connaissance de Pierre Mondy qui joue un des rôles principaux. Celui-ci dira d'ailleurs à son sujet : « Je me souviens d'un Louis de Funès qui jouait déjà plus vite qu'un dessin animé ; le public était hilare à partir du moment où Louis était sur scène, à un tel point qu'on n'entendait même plus les répliques. Louis avant de connaître la célébrité avait déjà le même talent comique qu'il a eu par la suite. »

Les Branquignols : toute une école

Cette *Puce à l'oreille* permet à de Funès de faire un bond en avant et la rencontre qu'il attend depuis tellement longtemps arrive. En effet, Robert Dhéry, qui a décelé chez Louis un grand talent encore inexploité, demande à celui-ci d'entrer dans sa troupe. C'est dans la revue *Bouboute* que Louis fait ses premiers pas. Louis joue un peu tous les personnages dans lesquels on le voit au cinéma à l'époque : clochard, serveur et bien sûr flic, annonçant en fait Les Branquignols !

Parmi les nouveaux de la revue renommée *Ah ! Les Belles Bacchantes !* on compte également une certaine Jacqueline Maillan qui retrouvera Louis quelques années plus tard dans l'un de ses premiers grands rôles : *Pouic-Pouic*. Chacune des répliques du futur gendarme, comme « Merde » ou « Allô Poupette », provoque l'hilarité. Ses nombreuses mimiques, qui le définissent comme « l'homme aux quarante visages-minute », font de Louis l'une des attractions les plus remarquées du spectacle de Dhéry.

Pour certains, Louis de Funès a été le phénomène de l'année 1951 au théâtre, année des *Belles Bacchantes* de Robert Dhéry. Tout est arrivé d'un coup. Après avoir ramé des années, de Funès s'est trouvé élevé au firmament. Tout le monde se passe le mot, journalistes, professionnels du spectacle, gens dans la rue : « Va voir la revue *Ah, Les Belles Bacchantes !* il y a un mec fabuleux dedans. »

Robert Dhéry, à propos de De Funès dans la revue, explique qu'un jour alors que Legras et lui s'amusaient, l'un faisant le chien et l'autre la poule, de Funès s'aperçut que Jacques Legras ne le regardait pas. Pour exprimer son idée et se faire comprendre, Louis a mimé « tu ne me regardes pas, regarde-moi », en insistant sur le rythme de la mimique (les deux doigts devant les yeux). Le comédien reprendra ce geste de nombreuses fois face à celle qui deviendra sa partenaire privilégiée dans la suite de sa carrière, Claude Gensac, alias « Josepha, ma biche ».

L'équipe des Branquignols ne peut pas mieux tomber pour Louis, il reconnaît qu'il est dans une des meilleures écoles de comédie et de burlesque. Il va enfin pouvoir user de tous ses talents jusqu'à présent peu exploités.

Prévue pour trois mois, *Ah ! Les Belles Bacchantes !* s'installe pendant trois années à guichets fermés. Louis sait pertinemment que c'est une chance, alors il se donne comme jamais auparavant. Afin d'offrir tout son tonus au spectacle, il lui arrive d'être draconien à un point difficile à imaginer : il se lève à midi pour déjeuner, se recouche et se relève vers 18 heures. Et pendant qu'il triomphe dans *Ah ! Les Belles Bacchantes !*, Louis trouve encore le temps de courir après les petits rôles, qui le sont d'ailleurs de moins en moins, car les réalisateurs commencent à penser que ce petit bout d'homme pourrait bien devenir la vedette de demain.

Louis dira à ce propos : « Toutes mes apparitions dans les films, j'essayais de les marquer le plus possible. Ce qui fait que même dans les petits rôles, on me voyait, on se souvenait de moi. Résultat ? Un producteur a dit un jour : "Celui-là, il a une binette, je vais en faire une vedette." »

Sacha Guitry fait également partie de ceux qui font confiance à Louis de Funès. Il offre deux nouvelles occasions à Louis de jouer dans ses films : la première en mai 1952, dans *Je l'ai été trois fois* ; la seconde au mois d'octobre suivant, dans *La Vie d'un honnête homme*. Il rencontre de nouveau le grand Michel Simon, mais aussi, dans un petit rôle similaire au sien, Claude Gensac. Celle-ci sera notamment sept fois sa femme dans des films où Louis tient le premier rôle, à un tel point que le public pensera qu'ils sont ensemble dans la vie.

Louis continue son bonhomme de chemin et rencontre, dans *Elle et moi*, François Périer qui n'a plus à faire sa réputation. Stupéfait devant le jeu de Louis, celui-ci se demande d'où lui vient ce comique si particulier. De Funès lui explique que c'est sa mère qui l'inspire et brusquement, afin qu'il comprenne, il se met à imiter sa mère, un foulard sur sa tête. Toutes ses mimiques sont là. Tous ses tics, il les tient de sa mère. Tous ceux qui l'ont rendu célèbre et irrésistible, cette espèce de formidable mauvaise foi et cette rapidité rappelant la vitesse d'un dessin animé.

Entre ses différentes prestations au cinéma, Louis de Funès trouve encore le temps de faire un peu de radio et décide définitivement d'arrêter d'être pianiste. Sur les ondes, Louis n'est pas à l'aise car il ne peut pas se servir de son physique pour faire rire. Il rencontre Jean Chouquet qui tente de lui donner des cours de diction et un rythme soutenu dans la voix, mais il faudra beaucoup de patience et de persévérance à Louis pour progresser dans ce domaine.

Louis devient finalement expressif à travers sa voix et le « ton de Funès » naît. On l'écoute donc de plus en plus à la radio, tout comme on le voit de plus en plus au cinéma.

Louis commence doucement à respirer financièrement et décide d'installer sa petite famille dans un appartement plus confortable près de la gare Saint-Lazare.

En 1953, Louis a un petit rôle de jardinier dans le film *Le Secret d'Hélène Marimont* qui lui va à ravir. C'est l'occasion pour de Funès de rencontrer l'un de ses modèles, Noël Roquevert. À ses débuts, Louis raconte qu'il a été inspiré par les grands mimes des années 30, mais aussi par Noël Roquevert. Il a souvent pensé à lui, c'était l'adjudant type. Il est évident que Louis s'en inspirera pour interpréter Cruchot.

La même année, Louis de Funès fait la rencontre d'Yves Robert qui prépare son premier film *Les hommes ne pensent qu'à ça* et qui réserve un rôle à tous ses copains de cabaret dont Louis fait partie.

Yves Robert avait croisé Louis sur quelques films et s'était juré de le faire tourner un jour, tellement il avait été subjugué par sa conscience professionnelle. Louis de Funès n'oubliera d'ailleurs jamais, pendant toute sa carrière, qu'Yves Robert a compté parmi les gens qui lui ont donné sa chance et notamment en lui offrant un de ses premiers grands rôles dans *Ni vu ni connu*.

L'année 1954 marque un tournant dans le parcours de Louis de Funès. Dans *Le Mouton à cinq pattes*, qui réalise le rêve de nombreux acteurs, défendre plusieurs rôles dans le même film, Louis retrouve Fernandel. Dans ce long métrage, de Funès apparaît en croque-mort. Le jour du tournage, il lance sa phrase et fait son tic. Fernandel lui répond en refaisant le tic, ce qui supprime l'effet de De Funès. Louis blêmit. Heureusement, Fernandel, Verneuil et de Funès tombent finalement d'accord pour conserver la prise, pensant que la situation est beaucoup plus drôle ainsi.

1954, c'est aussi l'année où Louis de Funès rencontre pour la première fois Bourvil sur le tournage de *Poisson d'avril* de Gilles Grangier. Bourvil est déjà très célèbre. Le courant entre les deux comédiens passe bien, et même si Bourvil est l'unique vedette du film, on constate que Louis de Funès avance à grands pas et se fait de plus en plus remarquer.

Quelques semaines plus tard, on retrouve Louis de Funès dans *Papa, maman, la bonne et moi*, film lancé autour de la popularité de Robert Lamoureux et qui est en passe de battre tous les records de recettes de l'année. Ce n'est pas sans déplaire à Louis pour sa cote auprès du public.

Enfin, 1954, c'est bien sûr la pièce de théâtre de Robert Dhéry *Ah ! Les Belles Bacchantes !* qui est portée à l'écran. Dans un rôle de tout premier plan, Louis va enfin connaître la consécration. Il déploie toute l'énergie nécessaire pour être le meilleur et pour qu'on parle de lui.

D'après le couple Dhéry-Brosset, de Funès est un vrai paquet de nerfs. Quand il rit, il rit nerveusement. Quand il bouge, il bouge nerveusement. Il lui arrive même de pleurer de rire tant il s'énerve tout seul. C'est dire l'état de l'acteur quand il joue ! Tous les partenaires du film voient Louis se multiplier et être partout à la fois. « L'homme aux quarante visages par minute » sent qu'il s'agit là d'un vrai virage dans sa carrière.

De Funès a néanmoins besoin de respirer quand il joue, il veut avoir une part d'improvisation qui le rend plus vrai, plus authentique. Il est donc très difficile, pour son metteur en scène comme pour ses partenaires, de savoir ce qui va se passer. Certains l'ont bien compris et donnent une grande part de liberté au jeu du comédien, alors que d'autres (tant pis pour eux !) le freinent et par la même occasion le frustrent dans son interprétation.

À la fin de l'année 1954, Louis de Funès reçoit de nombreuses propositions pour l'année suivante, conséquence de l'énorme succès des *Bacchantes*. Il y aura, à partir de cette date, le de Funès d'avant les *Bacchantes* et le de Funès d'après les *Bacchantes*.

« Vais-je rester un second rôle toute ma vie ? »

La rentrée théâtrale au début de l'année 1955 avec *Poppi* de Georges Sonnier ne vaut à Louis que des honneurs. Claude Baignères du *Figaro* dira d'ailleurs que sans lui, sans sa finesse, sans son humour, son habileté à faire pardonner une grossièreté abusive par une mimique attendrie ou un soupir d'enfant, le spectacle deviendrait vite révoltant.

Lorsque la pièce s'arrête, Louis se promet désormais d'être plus attentif dans ses choix pour ne pas décevoir son public. Il accepte par exemple de retrouver le grand Sacha Guitry qui, accablé par la maladie, lui propose un petit rôle dans *Si Paris m'était conté*. Ce film en dehors du respect que Louis a pour le maître permet surtout à de Funès de croiser les grands comédiens de cette époque comme Jean Marais, Gérard Philipe, Pierre Larquey, Michèle Morgan et bien d'autres.

Entre deux rôles, sur l'invitation de Jean Anouilh et sur les recommandations de Pierre Mondy qui n'était pas disponible, Louis de Funès accepte de jouer dans la pièce *Ornifle*, juste pour le plaisir de partager quelques scènes avec un monstre sacré du cinéma, Pierre Brasseur. Ce même Pierre Brasseur se prend d'amitié pour Louis et se montre d'une familiarité rare à son égard. À cette période, il est très important pour Louis de voir que des grands de la profession lui accordent leur confiance.

La pièce d'Anouilh est interrompue, tout simplement parce que Pierre Brasseur est las d'interpréter son rôle. Louis de Funès est un peu déçu, mais il sait qu'il a eu la chance de rencontrer deux grands messieurs, l'acteur des *Enfants du paradis*, et l'auteur qu'il retrouvera au sommet de sa carrière dans *La Valse des toréadors*.

L'année 1956 débute avec deux seconds rôles, l'un dans *Courte tête* et l'autre dans *Bébés à gogo* où il retrouve son compère Jean Carmet. Les deux complices ont au moins un point commun : ils éprouvent la même difficulté à sortir du lot.

Louis de Funès a passé le cap de la quarantaine. Sa femme, Jeanne, n'a jamais été aussi importante pour sa carrière. Elle le soutient et y croit encore et toujours. Coïncidence ou non, au moment où de Funès se remet en question : « Vais-je rester un second rôle toute ma vie ? », un certain Claude Autant-Lara fait appel à lui pour jouer dans *La Traversée de Paris* avec les deux immenses vedettes de l'époque, Bourvil et Gabin. Même si un acteur comme Bourvil n'a plus à faire ses preuves, Autant-Lara a énormément de mal à l'imposer au producteur et surtout à l'auteur, Marcel Aymé, qui n'en veut pas. Autant-Lara devra diviser le budget de son film par deux pour faire appel aux acteurs de son choix. C'est ainsi qu'il a engagé de Funès, qui obtenait pour la première fois un rôle vraiment à sa mesure, le fameux épicier du marché noir, Jambier. Gabin, Bourvil et de Funès ont constitué un trio inégalable.

Bien que Louis de Funès soit extrêmement fier de se retrouver face à deux comédiens qu'il vénère, il a la peur au ventre et se montre d'une timidité surprenante. Bourvil le rassure en lui disant qu'il joue bien la scène, tandis que Gabin demeure agacé par toutes les « simagrées » de son partenaire. Autant-Lara, lui, s'étonne car Louis a fait d'un rôle modeste un grand rôle, par sa présence hors du commun.

Pour l'anecdote, de Funès devait attraper la queue d'un cochon complètement excité par les caméras et les lumières des studios. Il manqua de se faire mordre à plusieurs reprises, tandis qu'Autant-Lara perché sur le haut d'une échelle criait : « Alors, tu le chopes ce cochon, y va pas te bouffer... » Au moment où Louis entendit « Coupez ! », il releva la tête, à peine remis de ses émotions et s'aperçut que toute l'équipe de tournage était, elle, hors d'atteinte du verrat. Comme par hasard, parmi toutes les scènes tournées par Louis dans le film, celle-ci fut jouée en dernier. Si Louis se faisait mordre par le porcin, c'était ainsi moins grave pour la production !

Avec ce rôle, Louis se classe parmi les valeurs sûres et montantes du cinéma français.

Les premiers pas de vedette

Pour la première fois de sa carrière, on propose les premiers rôles à Louis dans des films. Il aura fallu qu'il attende de fêter ses quarante-trois ans pour être en vedette dans un film. Le premier à lui offrir ce cadeau tant attendu est son vieux complice Maurice Regamey dans le film *Comme un cheveu sur la soupe*. De Funès y campe le rôle d'un compositeur malheureux, devenu héros malgré lui et surtout en proie à des tueurs qu'il avait lui-même engagés pour le supprimer.

Maurice Regamey n'a eu aucun mal à imposer Louis malgré tout ce qu'on a pu dire ensuite sur ce film, car il était déjà un acteur très sollicité. D'ailleurs, tout le monde est d'accord pour constater qu'à chacune de ses apparitions, il arrache les rires dans les salles. On ne voit que lui, il monopolise presque tous les écrans de Paris. Ce n'est pas un hasard non plus si les deux assistants du film de Regamey s'appellent Jacques Besnard *(Le Grand Restaurant)* et Jean Girault (treize films avec Louis comme vedette).

Comme un cheveu sur la soupe doit à la simple performance de Louis de Funès d'avoir été vendu dans quatre-vingts pays. Le *Times* qualifie même le comédien de « Chaplin français », ce qui est pour l'acteur un compliment incommensurable.

Et, cerise sur le gâteau, son premier grand rôle lui vaut la première récompense de sa carrière : le Grand Prix du rire en 1957.

Louis de Funès enchaîne la même année *Faisons un rêve*, la dernière pièce de Sacha Guitry qui disparaîtra quelques mois plus tard. Il partage la scène avec Danielle Darrieux et Robert Lamoureux qui sont excellents mais qui ne conquièrent pas le public et la presse comme Louis de Funès, déjà très pointilleux et toujours aussi perfectionniste.

Devenu star, de Funès a été traité de bougon, d'anxieux et d'angoissé... On a seulement oublié que vingt-cinq ans auparavant, il était déjà comme ça. Ce n'est pas le vedettariat qui lui est monté à la tête, car durant toute sa carrière, il lui a fallu persévérer pour y arriver.

Les contrats devenant plus alléchants qu'auparavant, Louis n'hésite pas à déménager et installer sa petite famille dans un appartement un peu plus grand et confortable, rue Maubeuge.

Enfin, 1957, c'est l'année de *Ni vu ni connu* d'Yves Robert qui offre à Louis de Funès un rôle de composition, un braconnier dit Blaireau, avec son chien Foulcan. À la sortie du film, *France Dimanche* titre : « Louis de Funès, l'acteur le plus drôle de France. »

Louis de Funès hésite quand on lui propose de jouer *L'Avare* au théâtre, puis renonce de peur de manquer une réplique. Il reprendra le projet bien plus tard, mais au cinéma.

Avec *Taxi, roulotte et corrida*, Louis de Funès

retrouve André Hunebelle qui lui offre à son tour le rôle de vedette. De Funès redécouvre son pays d'origine, l'Espagne, et Paulette Dubost, maintes fois sa partenaire à l'écran, avant l'arrivée de Claude Gensac.

Jusqu'en 1961, Louis est encore appelé pour quelques seconds rôles plus ou moins importants comme celui du chef comptable dans *La Belle Américaine*, film de son ami Robert Dhéry. Puis, Louis retrouve son camarade Jean Richard dans *Mon pote le gitan* et *Certains l'aiment froide* où ils ont l'air de former un heureux duo.

Ces années de cinéma l'amènent directement au théâtre, avec un projet en or : *Oscar* de Claude Magnier. Louis exulte et brûle les planches tellement son personnage est drôle. Son comique explose et dévoile tous les gags visuels possibles et imaginables. La pièce rencontre un tel succès que Louis la jouera et la rejouera pendant de nombreux mois et à plusieurs années d'intervalle : 1959, 1961, 1971 et 1972. Et en janvier 1961, *Le Figaro* titre : « Vous avez vu *Oscar*, mais vous n'avez peut-être pas encore vu Louis de Funès dans *Oscar*. » C'est sa femme qui a eu du flair pour cette pièce et qui a poussé Louis à la jouer. Dès lors, lui vouant une confiance absolue, il lui demandera de choisir pour lui parmi tout ce qu'on lui propose. Elle sera à la fois épouse, confidente et conseillère artistique.

L'extraordinaire succès d'*Oscar* permet à de Funès d'assurer un confortable train de vie aux siens, mais plus Louis va vers la célébrité, plus il est anxieux de perdre sa popularité.

Il signe encore quelques seconds rôles mais l'on ne voit déjà plus que lui : dans *Les Tortillards*, toujours avec Jean Richard ; dans *Le garde champêtre mène l'enquête* avec Marthe Mercadier et Pierre Dudan ; dans *Le Capitaine Fracasse*, film de cape et d'épée avec Jean Marais ; dans *Le Gentleman d'Epsom*, révélant un face-à-face mémorable avec Jean Gabin ; dans *La Vendetta* avec un autre grand comique de l'époque, Francis Blanche ; ou encore dans *Carambolages* où il donne la réplique au jeune Jean-Claude Brialy.

Enfin arrive l'année 1963, qui va lui apporter toute la gloire et tous les honneurs qu'il espérait. Une année marquant le point de départ d'une série de films populaires à grand succès qui le sacreront comique préféré des Français, et ce pendant une vingtaine d'années.

CHAPITRE 3

La mécanique à Fufu

Un comique s'affirme

De Funès est passé des petits rôles à des seconds rôles par la force de la ténacité et de la patience. La persistance est bénéfique puisque il est remarqué par Autant-Lara dans *La Traversée de Paris*. C'est une époque, le milieu des années 50, où Louis de Funès est très sollicité, à tel point que lorsque son ami Maurice Regamey réussit à devenir réalisateur, il n'a aucun mal à imposer de Funès comme premier rôle dans *Comme un cheveu sur la soupe*.

Mais comment Louis de Funès a-t-il pu faire passer au premier plan son personnage de colérique, destiné plutôt à susciter les haines que les faveurs du public ?

C'est qu'il interprète toujours un personnage très ancré dans la société, un personnage qui pourrait être notre voisin, quelqu'un de proche. Il possède en outre quelque chose qui le rend remarquable : il a du caractère. On a toujours envie de calmer les énervés, de consoler les malheureux et les insatisfaits. De Funès a un problème. Et pendant tout le film, toute la pièce de théâtre, le spectateur va prendre en charge son souci. Ce genre de personnages est issu d'une grande tradition qui remonte au théâtre classique. Souvenons-nous des héros de Molière qui ont eux aussi une énigme à résoudre, *Le Bourgeois Gentilhomme*, *Le Malade imaginaire* et bien entendu *L'Avare*. Le théâtre classique donne à voir des comédies qui montrent les travers de l'homme. De Funès ne fait pas autre chose qu'adapter ce théâtre classique à la société moderne qu'on connaît, avec tous les nouveaux paramètres qu'elle compte : les voitures, le téléphone, les armes à feu, les explosions, la cuisine industrielle, etc.

Les aventures que nous fait vivre Louis de Funès ne sont pas exotiques. Elles prennent naissance dans notre quotidien. Il a une femme, des enfants, une situation et il fait avec, comme tout un chacun. De Funès aide le public français à mieux assumer sa condition. Quand monsieur Dupont revient le soir du travail et qu'il voit un film avec Louis de Funès, cela l'amuse parce qu'il voit quelqu'un de plus stressé que lui, quelqu'un qui a beaucoup plus de problèmes que lui, et cela lui fait relativiser sa propre situation. Évidemment, comme dans les comédies de Molière, tout se termine bien, puisqu'on s'y réconcilie et qu'on apprend les leçons de la vie.

Comme il le dit lui-même dans *Sur un arbre perché*, « La vie, c'est l'énergie », et c'est cela qui impressionne le public. De Funès visite la société française et ses travers avec un appétit féroce. Il se bat pour une idée noble qui peut être la famille, le pays, l'argent, le pouvoir. Il y met tout son cœur et ne se contente pas de faire de la figuration au fond du plan, il veut exister, être vivant, incarner un vrai personnage. À tel point que parfois ce sont les autres comédiens qui se mettent à leur tour à faire de la figuration ! Beaucoup de ses films sont d'ailleurs axés autour de lui et on ne compte plus les scènes au cours desquelles les autres personnages commentent la présence même du phénomène de Funès.

Avec *Le Gendarme*, comme avec *Fantômas*, il sait sortir son épingle du jeu de manière à vivre son personnage avec plus d'importance. Dès lors, qu'importe qu'il soit odieux puisqu'il le fait avec une telle vivacité que nous, spectateurs, partageons ses raisons d'agir, même s'il n'y met pas toujours les formes...

De Funès possède une forme d'intelligence, il détecte les dysfonctionnements. Au début du *Gendarme de Saint-Tropez*, avant qu'il ne soit muté, Cruchot prend en fraude un braconnier, un pêcheur en situation irrégulière. « Ça va barder là-bas ! » dit-il avant le générique qui montre son voyage jusqu'à Saint-Tropez. Ce film met en évidence un ressort dramatique qui fait adhérer le public au personnage, celui qui consiste à montrer de Funès arriver quelque part, dans un endroit nouveau où l'on ignore tout de ses mœurs. Le spectateur averti ne peut que se réjouir des interactions du personnage avec les autres.

Le spectateur est également touché par le de Funès gaffeur, un peu à l'image d'un enfant qui veut trop bien faire. Dans *Le Gendarme*, par exemple, lorsqu'il fait une partie de pétanque en formant une équipe avec l'adjudant Gerber (Galabru), Cruchot (de Funès) s'approche de son adversaire, Fougasse (Lefèbvre), et lui donne un coup de coude lorsque celui-ci lance sa boule, espérant lui faire rater son coup ; malheureusement, la boule finit sur le cochonnet. Hors de lui, Gerber (Galabru) s'en prend à Cruchot (de Funès). Le public est alors partagé entre deux émotions : celle très morale qui consiste à dire que de Funès mérite une correction puisqu'il a triché ; l'autre donne du crédit à la volonté incroyable de De Funès qui est prêt à tout pour parvenir à son but. Et dans les deux cas, le spectateur est emballé.

De Funès se met en colère, il hurle, il tape, mais il a une grande humanité. Lorsqu'il voit quelqu'un s'effondrer, il a bon cœur, à l'image de Gerber qui pleure dans *Le Gendarme de Saint-Tropez*, parce qu'il ne parvient pas à appréhender des nudistes ! Lorsque la sévérité alliée à la rigueur de Cruchot font réussir l'opération, de Funès devient le héros. La célèbre musique des *Gendarme* ponctue ce qui ressemble à la fois à un défilé, une parade, une heure de gloire. Et ce succès il l'obtient en manipulant plus ou moins tous les membres de la brigade, poussés par leur naturel vers le laxisme, mais surveillés par les jumelles d'un de Funès qui entend bien faire tourner son petit monde comme il l'entend.

Galabru devient le témoin attentif du succès, c'est le chef, le complice, le spectateur aussi puisqu'il n'a qu'à voir le résultat.

Le personnage de De Funès est finalement rassurant. Il veut ramener les choses à une échelle humaine. La brigade ressemble à un groupe d'amis. Les jeunes sont attirés par la luxure, par les yachts, l'apparence dans *Le Gendarme*. Voilà le danger ! De Funès vante les valeurs familiales, les choses quotidiennes qui ne payent pas de mine mais qui sont solides. Il est aussi un parent soucieux du devenir de sa fille, c'est lui qui vient la sauver de tous les pièges que lui tend la vie.

C'est donc un personnage à facettes, dont la colère n'exprime que l'angoisse.

L'homme aux mille expressions

Louis de Funès connaît les rôles dans lesquels il peut exceller. Dans sa vie, on peut supposer qu'il a croisé des faux jetons, des coléreux, des gens imbus de pouvoir, des crapules. Et que d'une certaine manière, il les porte en affection ! Car pour en tirer toute l'essence jubilatoire, il est forcé de les comprendre et par conséquent de les aimer. Ce qui est prodigieux, c'est que ces personnages finissent par nous être sympathiques.

Les Français sont des ronchonneurs professionnels et de Funès va devenir le plus râleur de tous. Dans *Rabbi Jacob*, lorsqu'il téléphone à sa femme et qu'il lui vante les qualités d'une maîtresse imaginaire, il fait la liste de ce qu'il lui reproche avec une puissance de feu inédite ; il va jusqu'à briser sa voix, tout en plissant les yeux presque larmoyants d'intensité ! Dès *La Grosse Valse*, on sait que Louis est un phénomène d'énergie, de rythme, de présence physique. On parle peu de son physique qui est pourtant son grand allié.

D'abord ses sourcils et surtout cette épaisseur de sourcils lui interdisent de jouer les jeunes premiers ou les amoureux transis. Mais il peut modifier à volonté son visage tout entier et ainsi exprimer des sentiments très variés. Il allonge et ouvre son visage pour accueillir quelqu'un à bras ouverts, le plie et le ferme pour se renfrogner. Sa bouche en simple trait définit son contentement, mais dès lors que ce trait devient courbe sur l'un des côtés, c'est l'intention cachée, la fourberie, le calcul qui investissent le visage de De Funès. Lorsqu'il ouvre cette bouche, on a l'impression de voir un enfant. Lorsqu'il vitupère, sa bouche s'affole, sa lèvre inférieure s'affaisse, la supérieure fait un pli affreux, le bonhomme s'exprime avec fougue, il veut tout sortir, il est au bord de la convulsion. Son visage s'apparente à du caoutchouc, il en fait ce qu'il veut. Il peut prendre un air malade en fermant à peine les yeux, et une seconde plus tard, ouvrir un œil rond comme une bille, pour traduire l'étonnement. Comme si ses oreilles se redressaient ! Dans la série des *Gendarme*, il exprime ce temps d'arrêt très souvent : la vue des nudistes avec ses jumelles, la confrontation avec les gendarmettes ou plutôt avec leurs jambes longilignes, la découverte des extraterrestres, la rencontre avec les hippies. L'étonnement apparaît aussi dans *Le Corniaud*, quand de Funès partage sa douche avec un athlète, dans *Rabbi Jacob*, quand il voit que la mariée est noire, dans *Les Grandes Vacances*, quand il surprend le gros Michonnet à la place de son fils... bref, les exemples ne manquent pas.

Seuls ses beaux yeux bleus peuvent parfois trahir une tendresse et une humanité cachées. En jouant avec son visage et son corps, de Funès semble découvrir de nouvelles expressions à chaque instant. Il n'a alors pas peur de recommencer un geste jusqu'à ce que celui-ci fonctionne parfaitement, et la répétition n'use pas le rire puisqu'à chaque tentative, il creuse un peu plus et ajoute quelque chose à ce qu'il avait fait initialement ! Dans la pièce *Oscar*, il va jusqu'à répéter dix fois la même phrase ou les mêmes gestes pour atteindre l'effet voulu et pour déclencher le rire.

On le sait, le comique de Louis de Funès est un comique d'exagération. L'acteur accompagne toute phrase par une onomatopée, un geste, une grimace, il illustre les situations. Le drôle naît de ce commentaire permanent de De Funès sur les choses et sur les gens et c'est l'imitation qui lui permet d'approcher au mieux la vérité d'une personne. Dans *Rabbi Jacob*, lorsqu'il se fait insulter par un Français dans une 2CV, il fait le chien et aboie. De Funès a voulu montrer par là qu'il prenait l'automobiliste en face de lui pour un animal et qu'il lui répondait en conséquence, avec en prime toute la drôlerie qui en résulte. Le comique de Louis de Funès repose sur l'analyse de situation. En fait de Funès prend de l'avance par cette compréhension intuitive des choses, il est déjà sur un autre plan et le comique naît à la fois de la stupéfaction des autres et de la finesse de son imitation qui caractérise son personnage. Des exemples précis émaillent le film de Gérard Oury, précédemment cité : lorsque de Funès a stoppé sa voiture au milieu de la route, cela crée un embouteillage, tout le monde klaxonne. De Funès arrive et au lieu de se dépêcher, il prend tout son temps et monte dans la voiture en prenant une pause et en mimant quelqu'un qui joue du violon ! Ou encore à la fin du film, pour montrer au personnage interprété par Claude Piéplu, inspecteur de police, qu'il fera la circulation le lendemain, de Funès ne le lui dit pas, il se met en scène et montre quelqu'un en action, avec un sifflet ! C'est un moyen pour lui de déclarer poliment aux autres qu'ils sont des imbéciles !

Inversement, lorsque de Funès est en retard dans une situation, l'imitation lui permet de recoller au présent. Toujours dans *Rabbi Jacob*, de Funès remplace un dialogue rationnel par une imitation de renard, de panthère pour s'attirer les bonnes grâces d'une femme venue l'accueillir à l'aéroport. De la même façon cette scène au cours de laquelle il exécute une danse juive, l'une des plus célèbres du film et de toute la carrière de Louis de Funès, nous donne à voir de près le génie de l'acteur. De Funès ne se contente pas d'imiter, il va beaucoup plus loin. Au début de cette danse, il est en retard par rapport aux autres : il ne connaît rien aux danses juives, il est avec sa fausse barbe... La musique commence, il tente de suivre le mouvement, il affiche l'air de quelqu'un qui cherche la partition. Le plus difficile pour de Funès n'est pas d'interpréter la danse, mais de faire semblant de mal la connaître et de la découvrir au fur et à mesure. On le voit alors imiter rapidement tous les danseurs avec une aisance peu commune. L'alternance entre les gros plans sur lui (royal !) et les plans larges où le mimétisme est jubilatoire confirme le génie de De Funès et celui d'Oury bien sûr !

Par ailleurs, de Funès sait soutirer le rire au spectateur par des tenues vestimentaires grotesques. Dans *La Folie des grandeurs*, il met un pied dans un pantalon avant l'arrivée de la reine, mal enfilé, celui-ci tombe par terre. Salluste cache son désarroi avec des grands coups de chapeau en guise de révérence. Plus fort encore, lorsqu'on lui retire la fraise par la tête, il a l'air d'un nouveau-né.

Dans *L'Avare*, il met des grosses lunettes et quand il se baisse, il a des plumes de paon qui se soulèvent. Mais même lorsqu'il n'est pas déguisé et qu'il a un rôle à tenir, son uniforme est trop grand *(La Grande Vadrouille)* et son casque lui tombe sur les yeux. Sa perruque hirsute de chef d'orchestre lui donne un air de fou. Il n'hésite pas non plus à se travestir, souvent en vieille dame qui joue de ses charmes mais qui réserve des surprises : *L'Aile ou la cuisse*, *Le Gendarme et les gendarmettes*, *La Folie des grandeurs*.

De Funès sait qu'il peut faire rire par la transformation physique qu'il obtient par des costumes.

De Funès donne ainsi une leçon à tous les acteurs, car sa bouille exprime tout le temps quelque chose. « Avec un sac sur la tête, je serais perdu, je ne pourrais rien faire », confie-t-il. Tout son comique vient de l'intérieur, et apparaît sur son visage. Lorsqu'il est impassible, il bouillonne de colère rentrée, prêt à exploser.

Héritage du muet ? De Funès adore Charlie Chaplin, Laurel et Hardy... ses changements rapides d'attitude, il les leur doit. De même, beaucoup de scènes avec lui sont muettes, seule la musique de Vladimir Cosma, de François de Roubaix ou encore de Raymond Lefèvre l'accompagne dans des génériques survoltés, ou des séquences à part, comme lorsqu'il présente dignement des plats dans *L'Aile ou La cuisse*, après avoir réclamé une musique appropriée. Clin d'œil également au talent de ces musiciens, pour avoir compris que de Funès, c'est avant tout un rythme et une musique à lui tout seul. Quand on écoute les bandes originales des plus grands films de De Funès, on ne voit pas comment on pourrait coller une autre mélodie.

Louis comprend aussi très tôt que la maîtrise de l'espace est importante, un peu à la manière d'un Charlot qui fait du patin à roulettes les yeux bandés et passe à quelques centimètres du vide dans *Les Temps modernes*. De Funès se sert de l'espace dans *La Grande Vadrouille* par exemple, où Bourvil pense dormir près de De Funès, alors que tous les deux sont au lit avec des officiers allemands... ou lorsque des chiens ont tiré sur leurs laisses et sont passés par le trou d'un mur partiellement détruit. De Funès est coincé, les chiens aboient, Bourvil lui monte sur le dos, de Funès lui envoie son fusil et manque de l'assommer, etc. Le cocasse provient d'un jeu avec l'espace, les protagonistes en sont soit les victimes comme souvent dans *La Grande Vadrouille*, soit ils inversent le processus comme dans *Rabbi Jacob* avec la cuve de chewing-gum. De Funès subit l'usine à la manière de Charlot dans *Les Temps modernes* avant d'en maîtriser les rouages : il envoie les truands dans la cuve, en tirant une manette il expédie les bandits dans le chaudron bouillonnant de pâte verte, en leur jetant sous les pieds des bonbons ronds multicolores. Ainsi de Funès impose une forme de comique sur l'espace que l'on n'avait que très peu vue auparavant, la notion d'espace personnel. Louis de Funès crée un espace autour de lui et il en joue. Dans *Le Gendarme en balade*, le curé du village vient quémander de l'argent aux châtelains incarnés par de Funès et Claude Gensac – Cruchot étant mis à la retraite anticipée. Ils sont assis en face du curé, sur le divan. De Funès trouble le curé en faisant diversion : des mimiques qui affirment que le curé n'aura pas un sou. De Funès rend visuelle sa pensée. Il la met en images par l'intermédiaire de son pouce claquant sous sa dent. Ce qui signifie « tu n'auras pas un kopeck monsieur le curé ! ». Dans *Rabbi Jacob*, même aparté génial lorsque, pris en otage par Slimane à la station-service, il tente d'attirer l'attention d'agents de police en leur tirant la langue. L'aveu d'hypocrisie est rendu visuel par les facéties du comédien. La fin du film intervient lorsque de Funès a exprimé tout son mécontentement, a fait toutes les messes basses, s'est joué de tous. Là enfin, il se repose, il goûte à quelque chose qu'il ne connaissait pas vraiment, la franche camaraderie, sans dissimulation d'aucune sorte : les fous rires finaux du *Corniaud* et de *La Grande Vadrouille* sont là pour l'attester.

Le faux jeton sublime

De mauvaise foi par définition

Au début de *Rabbi Jacob*, son personnage est au volant d'une DS et alors qu'il y a une ligne blanche et qu'il ne peut pas doubler, il le fait quand même. Une voiture arrive en face et de Funès a soudain cette parole : « Qu'est-ce qu'il fout dans la troisième file ? » Il se moque du monde au propre et au figuré. Sa mauvaise foi est une conséquence de son égocentrisme, il souhaiterait que tout marche selon sa bonne volonté. À Bourvil qui dans *La Grande Vadrouille* lui demande combien il chausse, il répond : « Du comme vous ! » afin de récupérer les chaussures de celui-ci et de lui refiler les siennes qui font horriblement mal aux pieds. Cet exemple montre que plus le mensonge est gros, plus il est crédible. Non seulement de Funès profère sans arrêt des mensonges, mais il rabaisse aussi celui à qui il ment ! Et quand plus tard dans le film, il fait à peu près la même chose pour obtenir le vélo de Bourvil, celui-ci se rebelle enfin et de Funès ne lui laisse aucune chance en retournant contre lui ses propres arguments ! (« Oh ben, dites donc, ça fait deux fois que vous me faites ça ! »). Mais le faux jeton se révèle sublime quand il n'a aucune raison de l'être et qu'il l'est par nature ! Dans *Le Grand Restaurant*, il se déguise pour surveiller lui-même le service des ses employés dans son établissement : « Il est pas là l'patron, oh ben vous devez être content ! » De Funès oblige par là même ses employés à le décrier. Dès lors qu'il a du pouvoir, il en use et en abuse.

Il ajoute une dimension à cet être qui se révèle méchant, il le fabrique à double face. « Je veux jouer les méchants faussement candides. Ceux qui ont l'air presque angéliques, doux, et qui sont en fait terriblement vaches. »

Ce qui est abominable, c'est lorsqu'il avoue franchement qu'il est un faux jeton, dans *Rabbi Jacob* il ose dire : « Moi, à mon usine, je lui mens toute la journée au peuple ! »

De Funès ment surtout quand ça l'arrange, dans *La Folie des grandeurs*, quand il rentre dans l'appartement de son valet Blaze, interprété par Yves Montand, il s'exclame : « Comment peut-on vivre dans un gourbi pareil ? » Et Montand de répondre : « C'est ici que Monseigneur loge son personnel. » De Funès s'engouffre alors dans un mensonge énorme : « C'est joli. C'est très joli. Vous êtes bien ici. » Mais son personnage a horreur qu'on lui mente, il est d'ailleurs d'une naïveté incroyable. Dans le même film, il s'adresse toujours à son valet : « Dites-moi un gros mensonge que je voie si je vous crois ou si je vous crois pas. Mais un gros. Paf ! Allez ! » Montand en profite, avec une voix tranquille : « Hier matin, (...) j'ai trouvé 300 000 ducats... » De Funès est furibard : « Hein ? Où sont-ils ? » et le voilà dévastant de fond en comble la chambrette de son valet, jusqu'à mettre en miettes toute la paillasse de son lit.

Son personnage est un complet opportuniste : acculé, soumis à des pressions, il se met à prier (saint Antoine de Padoue dans *Rabbi Jacob*, ou encore la Sainte Vierge dans *La Folie des grandeurs*), mais il ne le fait qu'une fois, puisqu'il ne pense qu'à lui ! De même lorsqu'il insiste auprès de son chauffeur interprété par Henri Guybet pour qu'il ne révèle à personne qu'il n'est pas le rabbin, ce dernier lui demande une augmentation. De Funès répond : « Il té dira voui ! » Guybet : « Me doubler ? » De Funès : « Il té dira voui ! » Guybet : « Me tripler ? » De Funès, plus du tout avec l'accent et beaucoup plus sec : « Il te dira non ! » C'est qu'on peut lui demander tout ce qu'on veut lorsqu'il est en difficulté, mais il y a quand même des limites... C'est pour cela que le rôle de *L'Avare* lui va si bien. Harpagon révèle sa vraie nature lorsqu'on lui a volé sa cassette. Avant, on le sait avare, mais on ignore encore quel trajet personnel il est capable de faire pour retrouver son argent.

Miroir, mon beau miroir

De Funès utilise également des effets de miroir qui se déclinent selon les films. Dans la scène de la douche du *Corniaud*, de Funès se regarde dans un miroir et voit bien qu'il ne sera jamais un athlète ; il se rend compte aussi qu'il n'est pas si beau que le dit Montand dans *La Folie des grandeurs*. L'effet de miroir règne encore dans *La Grande Vadrouille*, quand il frappe la perruque qu'il vient d'enlever de sa tête et que cela l'assomme ! Toutes ces scènes témoignent d'une pause dans son délire, qui reprend néanmoins de plus belle à la chute. Elles permettent une rupture de ton qui humanise le personnage. De faux jeton, il devient victime, de malin, il devient sceptique. C'est un véritable cas de schizophrénie parfois ! Il arrive même que de Funès se parle à lui-même. Dans *La Folie des grandeurs*, par exemple, la scène prend des proportions sidérantes lorsqu'il trie les richesses qu'il va donner au roi et celles qu'il va s'octroyer. Après une belle quantité de « ça, c'est pour moi ! », il entame un monologue à l'intérieur duquel il se dispute avec lui-même ! « C'est pour Salluste, non c'est pour le roi ! Laissez-moi faire ! » Le conflit intérieur s'envenime : « Voleur ! » se dit-il ! Mais la malhonnêteté l'emporte... Tout comme dans *Le Grand Restaurant*, il se traite de lâche une fois après s'être rabaissé face à son chef cuisinier.

Dans *La Folie des grandeurs*, il demande à son

valet d'être son miroir en le flattant. Quand son valet lui dit que son maître est le plus grand et le plus riche de tous les grands d'Espagne, de Funès rugit : « C'est pas une flatterie ça, c'est vrai ! » La folie du personnage est telle qu'il aime autant se bercer d'un mensonge que d'une vérité, car le mensonge rabaisse celui qui le dit. En revanche, lorsque son valet (Yves Montand) lui dit « Monseigneur est beau », de Funès se regarde dans la glace et dit « Est-ce que vous pensez vraiment ce que vous dites ? », son plaisir change. Montand répond : « Je flatte. » Double sadisme donc du personnage qui n'hésite pas à utiliser tous les stratagèmes possibles pour humilier son valet.

Dans ce même film, de Funès arrive vers le roi et lui dit : « Vous avez bien reçu ma lettre anonyme ? » Superbe réplique ! De Funès confie son propre problème, il est incapable, malgré son penchant dissimulateur, de ne pas être lui-même !

C'est pourquoi le comique de De Funès se teinte souvent d'absurde. Le film comique ne doit pas seulement être réaliste. De Funès entend hurler une femme qui vient de se casser la jambe ? Il lui remet le pied à l'endroit avec un gros bruit mécanique, et il le fait en un coup pour qu'elle ne hurle plus ! *(L'Aile ou la cuisse.)* Le dépassement du réalisme pour mieux exprimer une situation renvoie au *cartoon* et à ses procédés burlesques. Comique de dessin animé il y a lorsqu'il passe à travers le plancher du carrosse, lorsqu'il est accroché à sa hallebarde qui se plante dans le sol, ou encore lorsque Montand lui lave les oreilles dans *La Folie des grandeurs*. Il s'agit là d'une forme de comique très visuelle. Dans *Rabbi Jacob*, une voiture démarre devant Pivert (de Funès) et il se retrouve couvert de cambouis quand il parle à des Noirs ; on le prend même pour le père de la mariée ! Plus loin, pour éviter un camion, la DS qui porte un bateau fonce tout droit dans le vide ; et dans la scène suivante, de Funès téléphone depuis le bateau avec sa voiture renversée au-dessus. Puis, il dit à son chauffeur de partir et invente une porte de bureau imaginaire qu'il claque derrière lui pour le virer. Torse nu en caleçon avec des bottes, il menace les automobilistes avec un parapluie parce qu'ils ne le prennent pas en auto-stop ! Enfin, il enlève ses chaussures parce qu'elles grincent et ça grince toujours ! On l'aura compris, *Rabbi Jacob* est un véritable panorama de tout ce que peut faire de Funès. En matière d'absurde, de Funès n'est pas mal non plus dans *La Grande Vadrouille*, lorsqu'il a mal à la tête après avoir cogné sur sa perruque...

Pour être efficace, la situation doit être exagérée, poussée à l'extrême. Oury le sait très bien lorsqu'il fabrique les Barbaresques dans *La Folie des grandeurs*, caricature d'un bagne où les condamnés poussent des battants de bois autour d'un axe pour puiser de l'eau, en fait une mince rigole arrosant un minuscule palmier... qui sera mangé par un chameau. Les lieux et les objets se mettent ainsi à la disposition du personnage afin de rendre compte de son caractère. Septime du *Grand Restaurant* va jusqu'à pousser un levier qui ouvre et referme une porte en bois pour faire répéter les entrées et les sorties de ses employés un plat à la main. Et il ne s'arrête pas là, il donne des punitions aux mauvais élèves ! Le faux jeton se double d'une volonté de fer pour ajuster le monde comme il le veut ! Au pianiste du *Grand Restaurant*, il demande : « Vous me ferez un arrangement de tout ça pour ce soir. » Le pianiste de répondre : « Pour ce soir ? (...) Il y a au moins trente musiciens dans ce truc... » Et de Funès de donner le coup de grâce : « Ce sera encore plus facile, vous me le ferez pour trois instruments, un petit raccourci et c'est terminé. » De même quand il lui demande si son piano joue de la flûte. Il ne voit chez l'autre que de la mauvaise volonté et ne peut concevoir les difficultés naturelles, inhérentes à une tâche. De Funès voit le mal partout, et son ton coupant qui ne laisse aucune place à la discussion lui donne raison. Il détient la vérité sur les êtres, il est le seul à savoir ce qui est bien et ce qui est mauvais pour eux. Dans *La Folie des grandeurs*, en omniscient, il sait qu'une pièce d'or manque parmi des centaines. Extralucide, il imagine les événements à sa manière, même si parfois cela devient fou ; toujours dans *La Folie des grandeurs*, alors qu'il prépare quelque chose pour revenir au pouvoir, il dit à son valet : « La vieille épouse le perroquet. César devient roi. Je l'épouse. Me voilà reine ! » C'est à lui de calculer, de décider du présent et de l'avenir de chacun. À sa femme, Claude Gensac, qui lui fait du chantage affectif dans *Hibernatus* (« sans ma famille, vous ne seriez rien »), de Funès a une parade qui lui cloue littéralement le bec : « Je n'ai plus besoin d'elle longtemps. Didier épousera Evelyne et vous, vous pourrez faire joujou avec vos lampes à pétrole ! » Non seulement il place les relations humaines plus bas que terre, mais il montre un égoïsme incroyable. Pourtant, à un autre moment du film, il lui dit : « Je suis seul ! Je suis trop seul ! » Mais peut-on y voir autre chose qu'un calcul, que le caprice momentané d'un enfant gâté, qui ne songe qu'à lui, qu'à son intérêt ? Quelle part donner à la franchise ?

Abus de pouvoir

Derrière tout cela, il y a une vision cruelle de la vie : la responsabilité est la seule chose qui vaille qu'on lui cède tout et même notre intégrité : « Toute ma joie de vivre, c'est mon restaurant. » Il n'y a rien d'autre qui compte que la dignité. À la fin du *Grand Restaurant*, une séquence très intéressante montre le chef d'État enlevé en train de lui dire qu'il s'est kidnappé tout seul afin de ne plus avoir de responsabilités, afin de profiter de la nature et vivre enfin sans soucis. De Funès ne comprend pas cela. Son affabilité et son sourire disparaissent. « Quand on prend le pouvoir, on le garde », ce qui signifie que nous avons une chose à respecter, une seule : notre place dans la société. Ce n'est que dans le bon fonctionnement social que le patriotisme a un sens. De Funès fuit la société démantelée par l'arrivée du grand-père de Claude Gensac dans *Hibernatus*. Il finit par se congeler lui-même, comme s'il était en recherche d'une nouvelle société qui pourrait l'accueillir.

L'idée de pouvoir, la seule qui l'intéresse, le conduit à frôler parfois la folie. Quand de Funès explique quelque chose, il ne peut pas supporter que son interlocuteur ne comprenne pas aussi vite que lui. Son discours perd de la cohérence car il est excédé de répéter des choses qu'il sait déjà ! Dans *Hibernatus*, il explique le monde ainsi à l'hiberné : « On va sur la lune avec un insecte. Les hommes deviennent fous.

Et moi je sens que je vais devenir fou. » En grossissant le trait, de Funès met en évidence l'absurdité de ce qui peut lui passer par la tête. Dans *Le Grand Restaurant*, quand le chef d'État est kidnappé dans son établissement, il ment, il dit qu'il va revenir dans une minute. Septime ne sait pas quoi faire pour sauver la face, c'est un mythomane. Il va même jusqu'à taper sur son personnel, l'accusant de l'avoir mis dans la situation où il se trouve. Dans *L'Aile ou la cuisse*, de Funès va plus loin dans l'hypocrisie. Il la met au service du règlement de comptes. Duchemin, continuant son inspection des restaurants pour les besoins de son guide, se retrouve dans une gargote. Il pénètre dans l'établissement vêtu d'un ensemble rose et d'un chapeau rose d'Américain un peu efféminé, comme s'il avait pressenti qu'il aurait affaire à un restaurateur franchouillard et coléreux. Ce qui ne loupe pas : magie du septième art ! Voilà donc notre de Funès affable, faisant des courbettes, prenant l'accent américain, subissant l'agressivité du restaurateur sans montrer la moindre marque d'affectation. Celui-ci lui lance même la carte du menu sans daigner se lever ! De Funès en fait alors des tonnes dans la politesse : on se dit que le retour de bâton sera proportionnel aux courbettes qu'il lui fait... L'hypocrisie employée ici est un véritable délice pour le spectateur qui jubile déjà de la vengeance de Duchemin. De faux jeton, de Funès devient le justicier vengeur, et l'hypocrisie apporte encore plus de piment à l'entreprise. Elle sert à laisser le restaurateur donner libre cours à sa bêtise et sa méchanceté, donc elle permet paradoxalement de grossir le retour de bâton. Et de Funès s'en donne à cœur joie : il va même jusqu'à remettre en place plusieurs fois une applique qui tombe à chaque fois que quelqu'un claque la porte et emprunte un couloir ou un escalier. Lorsqu'elle tombe dans son assiette, il a la présence d'esprit d'éteindre la lumière... Y aurait-il alors une bonne méchanceté (l'hypocrisie de De Funès) et une mauvaise méchanceté (celle du restaurateur) ? C'est tout le message de De Funès faux jeton : c'est qu'au fond il a raison ! La bonne cuisine a raison. Les valeurs françaises ont raison. Qu'importe les moyens, l'essentiel est d'arriver à nos fins. Et quelquefois même la vérité est encore pire que le mensonge ! Lorsqu'il remarque un bouton au coin du nez d'un agent de police dans *Rabbi Jacob*, il lui demande ce que c'est. Et l'autre de lui répondre : « C'est un poireau. » À partir de là, c'est la curée pour l'agent et de Funès répète avec dégoût : « Un poireau ? » Et voyant un grand poil sur le bouton, il tire violemment dessus ! Tout ça pour de nouveau faire diversion et échapper à une situation qui le gêne.

Miracle du cinéma, de Funès finit toujours par retomber sur ses pattes. *Rabbi Jacob* débutait sur des préjugés racistes de Pivert (de Funès), choqué de voir un mariage entre une Noire et un Blanc, outré de découvrir que son chauffeur est juif, etc. À la fin, tout le monde s'accepte, il dit à Salomon son chauffeur : « Je ne suis pas juif » et Salomon répond : « On vous garde quand même », mots que lui avait dits de Funès au début du film. Ainsi le parcours de Pivert est semblable à celui d'Harpagon de *L'Avare* : la situation ne s'arrange pas à la fin parce qu'ils ont changé, mais parce que les circonstances ont changé. L'avare est toujours aussi avare et il n'accepte de marier sa fille que parce qu'il y a de l'argent à la clé ! Quant à

Pivert, c'est parce que Slimane devient président qu'il accepte que sa fille parte avec lui. À l'instar de Monsieur Jourdain, Gérard Oury fait du Molière sans le savoir ! Fin identique dans *L'Aile ou la cuisse* : Duchemin récupère le rôle social qui était le sien avec toutes les cérémonies françaises adéquates, pourtant il trouve une montre dans sa « bouchée à la reine », cette même montre qu'il avait perdue dans l'usine de Tricatel. Et le film s'arrête là, de Funès ne fera pas un scandale, car une fois de plus, c'est la position qui compte et non la résolution du problème. Monsieur Duchemin est nommé « académicien » et c'est bien le principal.

Il est intéressant de noter que ce faux jeton s'exprime aussi bien lorsqu'il joue des hommes importants, bien ancrés dans la vie sociale, ou des subalternes. On a toujours quelqu'un autour de nous qui nous énerve ! L'ouvrier pour le patron, le patron pour l'ouvrier, toutes les relations sont des relations de pouvoir, des rapports de force. Le seul qui peut alterner, lui être supérieur un instant et se rabaisser l'instant d'après, c'est le personnage de Bourvil. Gérard Oury a pu en extraire toute la sève en réalisant des scènes où les rôles s'inversent pour le plus grand bonheur des spectateurs. Dans *La Grande Vadrouille*, de Funès se plaint parce qu'il a mal aux pieds, Bourvil lui dit d'avancer. Une fois que de Funès a récupéré les chaussures de Bourvil, c'est l'inverse, de Funès va allègrement alors que Bourvil crie « Attendez ! ». C'est aussi cela la magie d'une rencontre, d'un duo.

Les rôles évoluent, le jeu s'enrichit au contact d'un autre. De Funès avec Bourvil, c'est l'entente parfaite.

Ce n'est donc pas un hasard si de Funès sied parfaitement dans le rôle du *Gendarme de Saint-Tropez*. Ce rôle lui permet à la fois d'être chef et subalterne. Aplati devant l'adjudant Gerber, il est odieux avec ses subordonnés. De Funès ne cesse de verbaliser au nom de ces valeurs toutes-puissantes qu'il défend. Son célèbre « Vous vous foutez de moi » ou encore « Foutez-moi le camp » montre qu'on ne discute pas dans son monde : on commande ou on est commandé. Et de toute façon on est faux jeton parce que le rêve ultime c'est d'être tout-puissant, c'est-à-dire d'avoir le monde à ses pieds. La guerre est alors ouverte. De Funès se méfie de tous, il ne fait confiance qu'à lui-même, seule façon de devenir peu à peu le roi !

C'est pourquoi il se déguise beaucoup. Puisqu'il doit contrôler le monde entier, il doit changer de personnalité. En vieille dame dans *L'Aile ou la cuisse*, en Allemand dans *La Grande Vadrouille*, en rabbin dans *Rabbi Jacob*, en vieux gourmet efféminé dans *Le Grand Restaurant*. Il déploie même toute la panoplie dans la série des *Gendarme* : tour à tour, il est Thierry la Fronde, Rambo, corsaire, chinois, cow-boy et gendarmette. Ses transformations physiques sont innombrables et permettent à de Funès d'être insaisissable. Il y a une telle mobilité en lui, dans ses gestes, dans son visage, dans ses intonations que le spectateur ne peut plus faire la part du vrai et du faux. Il reçoit le tourbillon en pleine face et n'y est pas toujours préparé. Dans *Le Grand Restaurant*, il parle à un client allemand et une ombre fait apparaître sur son visage une mèche et une petite moustache. D'un seul coup, ce n'est plus Septime qui parle mais Hitler ! De Funès est tellement surprenant qu'il déclenche des hallucinations.

De même avec Paul Préboist dans *Hibernatus*, tout dialogue au sens strict est impossible. De Funès fait les questions et les réponses. « Ah, monsieur, il y a un monsieur qui vous attend ! » De Funès : « Pourquoi vous me le dites pas ? » Préboist : « Eh ben, je vous le dis ! » De Funès : « Quand ? » Préboist : « Ben maintenant ! » Et de Funès de conclure : « Vous êtes un menteur ! » L'échange verbal n'est qu'une façon pour de Funès de se décharger sur le pauvre Préboist ! La franchise n'est pas le fort du personnage de De Funès puisque avant même qu'il ouvre la bouche, le subalterne a tort !

L'autre n'est qu'un pion dans le grand jeu des intentions avouables ou inavouables des personnages incarnés par Louis de Funès. Il ne le cache pas lorsqu'il chevauche son valet, Blaze : « Je bâillonne mon pion. Je calme mon pion. » De même dans *Hibernatus*, quand embêté par l'hiberné qui lui demande de dépeindre la mort de sa femme, de Funès la décrit comme un gonflement puis un éclatement, comme une grenouille. Ce qui est drôle, c'est qu'il fait un portrait lamentable qui étonne à la fois le spectateur et l'hiberné. Le mépris qu'il porte à sa femme en décrivant son décès ridicule est augmenté par la phrase assassine : « Elle a pas souffert, du tout, du tout ! » Pour de Funès, il s'agit de rabaisser sa veuve car elle l'empêche (post-mortem !) d'arriver à ses fins, c'est-à-dire d'être crédible auprès de l'hiberné pour pouvoir approcher la femme de celui-ci ! N'oublions jamais le seul but, la dignité, la position. Il peut bien marcher sur le museau gonflé de sa femme défunte qui n'existe d'ailleurs pas !

On perçoit ce mélange de respect des conventions sociales et du « je-m'en-foutisme » prononcé auprès des subordonnés dans *Hibernatus* lorsqu'il s'adresse une fois n'est pas coutume à Paul Préboist, son domestique. Tantôt il le vouvoie, tantôt il le tutoie. Quelquefois même les deux en même temps, selon son humeur : « Foutez-moi le camp ! Je te tape. » Le dérèglement du langage de De Funès est très significatif car il dévoile les intentions cachées du héros. « Foutez-moi le camp ! » s'adresse au domestique, au fait que de Funès signifie explicitement que le rôle social de Préboist n'existe pas et qu'il lui faut disparaître. D'autre part, le « Je te tape » parle directement à l'être humain Préboist, dans son incapacité d'intelligence élémentaire. Double personnalité, double jugement !

Idoles et influences

Louis de Funès ne cache pas son admiration pour Charlie Chaplin. Charlot, dans son combat de boxe des *Lumières de la ville*, imite les gestes de son adversaire et le déstabilise. L'arbitre finit par boxer à sa place ! On voit très bien ce qui détermine de Funès dans une telle scène. D'une certaine manière Charlot se moque de la situation, il montre qu'elle est absurde. La façon singulière que Chaplin a de boxer définit son personnage. De Funès s'en inspire : ses personnages ont chacun une façon de faire caractéristique. De même que Charlot mange sa chaussure dans *La Ruée vers l'or*, de Funès est contraint d'avaler des victuailles avariées dans *L'Aile ou la cuisse*.

Charlot utilise les objets et les situations pour les détourner de leur rôle premier. Il brandit un poulet sur un plateau et doit traverser une salle bondée pour le servir ? Il le lève tellement haut que le poulet s'accroche au lustre. Dans *La Folie des grandeurs*, de Funès joue aussi d'un artifice (de la disparition soudaine, par exemple) qui lui échappe mais qui n'échappe pas au spectateur ; celui-ci s'amuse même de la déconvenue du personnage lorsque son stratagème tombe à l'eau, alors qu'il a tenté de mettre son valet (Montand) dans un lit avec la reine et qu'il retrouve Blaze avec Alice Sapritch. Même détournement avec la robe trop large de De Funès dans le même film, et qu'il est obligé de tourner avec un bruit de mécanique pour passer dans des couloirs trop étroits. De Funès, comme Chaplin, est propulsé dans des situations qui le dépassent. Mais il ose s'y aventurer. La scène dans *Rabbi Jacob* où de Funès téléphone depuis l'usine pour dénoncer le clan des malfrats, et que ceux-ci l'observent tranquillement derrière la porte, est une scène issue du burlesque. Pensez à Charlot qui rentre chez lui en tentant de ne pas réveiller sa femme, alors que cette dernière le suit pas à pas. Ce qui est drôle, c'est la désinvolture avec laquelle les deux comiques traitent l'élément qu'ils croient absent.

L'élément social semble aussi très fort chez Chaplin, qui n'hésite pas à s'adapter au milieu dans lequel il est plongé. Dans *Le Dictateur*, il interprète deux rôles à l'opposé l'un de l'autre : Hitler qui comme son nom l'indique est l'autocrate de service, puis un coiffeur dominé par chaque situation dans laquelle il se trouve. De Funès, comme on l'a déjà dit, s'aplatit aussi devant les plus grands que lui et rabaisse les plus petits. La société reste ce qui détermine leurs attitudes. Subir ou bien ordonner.

On a également comparé de Funès à Max Dearly, l'une des plus grandes figures comiques d'avant-guerre et qui fait songer à Totó, un comique italien. Comme Dearly, de Funès n'a pas peur de s'aventurer vers des fantaisies qui dépassent la simple interprétation. Il fait craquer les coutures du personnage. « J'ai été influencé par Max Dearly qui, lui aussi, jouait les patrons et m'a fait beaucoup rire. De même j'ai toujours préféré Hardy à Laurel parce que c'est Hardy qui commande. » On l'aura compris, de Funès aime mieux donner des coups de pied qu'en recevoir.

Lorsque Louis de Funès invite ses amis dans son château, il leur passe quelquefois des films dont il possède des copies : Chaplin, Laurel et Hardy bien sûr mais aussi Max Linder, Buster Keaton, les Marx Brothers. Ces comiques étaient doués pour dynamiter une situation. On part d'une normalité et on arrive à un capharnaüm indescriptible, comme dans *Une nuit à l'Opéra* des Marx Brothers ou *Fiancées en folie* de Keaton.

De Funès s'empare de l'énergie des films burlesques muets, beaucoup de ses films contiennent une poursuite de voitures cocasse à l'image de la bonne sœur des *Gendarme* qui conduit n'importe comment mais amène les gens à bon port ! N'oublions pas les génériques souvent tonitruants, avec des voitures qui prennent des virages insensés comme dans *L'Homme orchestre*... Mais il ajoute à ses excentricités la parole. Ce que l'on n'avait jamais vu, c'est l'utilisation de l'absurde par la parole dans le film comique. À la manière d'un Ionesco ou même d'un Beckett, de Funès décrit une vision de l'humanité qui ne peut appartenir qu'à un illuminé. Et il le revendique ! Alors que les protagonistes de Molière ont une pudeur dans leurs paroles afin de ne pas trop mettre en évidence leurs défauts, de Funès a le toupet et l'audace de les exposer et même de les utiliser comme armes ! Dans *La Folie des grandeurs*, il dit : « Qu'est-ce que je vais devenir ? Je suis ministre, je ne sais rien faire ! » et plus loin : « Ne vous excusez pas, ce sont les pauvres qui s'excusent. Quand on est riche, on est désagréable. » Verbaliser aussi directement ses propres défauts revient à rendre le personnage paradoxalement plus humain : cela fait figure d'aveu.

Ainsi, les influences de De Funès sont multiples, axées sur deux aspects du comique : le physique qui se métamorphose et le jeu sur le dominant-dominé hérité du burlesque. Le goût de la métamorphose, on le retrouve dans le déguisement, celui de Robin Williams par exemple, qui dans *Mrs. Doubtfire* ne se déguise pas seulement en gouvernante, mais double des films avec une confondante maestria. C'est ce langage coloré, cette façon de traduire une idée par des sons plutôt que par des gestes qui représente une véritable filiation. Ce n'est pas étonnant que Michel Leeb, qui adore de Funès, ait repris le rôle avec succès au théâtre à Paris. Autre transformation physique qui est à la lisière de l'autre problématique de De Funès, c'est-à-dire le dédoublement de personnalité, *Dr Jerry et Mister Love* de Jerry Lewis, film au cours duquel Lewis incarne tour à tour le puissant qui domine les autres et le professeur qui se laisse marcher sur les pieds. On voit nettement qu'avec une telle problématique, on se rapproche dangereusement du tragique. Avec *La vie est belle*, Roberto Benigni joue avec les deux. Le puissant, c'est le père qui crée des jeux pour son enfant dans le camp de concentration. Le faible, c'est le prisonnier qui protège son enfant dans un système qui les envoie tous à la mort... Il est intéressant d'imaginer de Funès dans ce rôle. Il aurait à la fois fait rire et pleurer, un peu à la manière du *Kid* de Chaplin qu'il a tant aimé... Mais n'en parlons plus, puisque faire pleurer n'était pas la vocation de Louis de Funès.

Clavier tente dans *La Soif de l'or* de ressusciter le débit de paroles inouï de De Funès, mais son visage n'est pas aussi souple ni aussi expressif que celui du grand Louis. Clavier confond affectation et précipitation. La souplesse du visage, le changement brutal de registre, on retrouve tout ça avec Jim Carrey. *The Mask*, mais aussi *Man on the Moon* de Milos Forman mettent en scène un monstre de foire : il se transforme, il virevolte, le spectateur a du mal à suivre le cyclone !

Les Anglais possèdent un humour qui découle d'un grand respect des traditions et de la hiérarchie. Il n'est pas très étonnant que de Funès ait des émules parmi les Monty Python : la critique permanente des rapports patron/subalterne est en ligne de mire dans leurs sketches. Leurs films, que ce soit *Sacré Graal*, *Le Sens de la vie* ou *La Vie de Brian*, développent un curieux sens de l'absurde qu'on retrouve dans les films de De Funès, par exemple *La Folie des grandeurs* au cours duquel la reconstitution historique représente aussi un simple prétexte à une loufoquerie permanente.

Plusieurs acteurs français sont aussi des héritiers de De Funès, mais aucun ne parvient à alterner le maître et l'esclave avec autant de génie. Gérard Jugnot s'en sort très bien dans les rôles de soumis : *Une époque formidable*, *Monsieur Batignole* sont là pour l'attester. Michel Blanc s'est longtemps cantonné dans ces rôles-là, avant d'inverser un peu le processus avec des films comme *Monsieur Hire* ou *Tenue de soirée*. Un film comme *Grosse Fatigue* parle justement de la souffrance de devoir être l'image que les autres attendent de vous.

CHAPITRE 4

Rencontres au sommet

[illegible]

[illegible]

[illegible]

Quand [illegible] Mathelin [illegible] [illegible] avec des [illegible] [illegible] Bourvil, [illegible] [illegible] Carmet et [illegible] Mais ces talents [illegible] qu'il ne laisse [illegible] de place à ses partenaires [illegible]

[illegible]

« J'ai connu trois périodes : celle où je demandais aux producteurs ou aux réalisateurs s'ils n'avaient pas un petit quelque chose à me faire faire ; la deuxième période, c'est celle où les copains metteurs en scène disaient : "Tiens Fufu, j'ai un rôle qui pourrait te convenir" ; enfin, on a fini par me demander s'il y avait un film que j'aimerais faire. »

Louis DE FUNÈS.

Metteurs en scène et têtes d'affiche

Quand il ne figure pas seul en tête d'affiche, Louis de Funès partage le premier rôle avec des acteurs aussi prestigieux que Galabru, Marais, Bourvil, Montand, Gabin, Blier, Coluche, Girardot, Carmet et Gensac. Mais son talent est si puissant qu'il ne laisse guère de place à ses partenaires.

La période fastidieuse est définitivement derrière

Louis de Funès et même s'il n'a pas encore trouvé le rôle de sa vie, il entame une vraie carrière à partir de l'année 1963. L'heure a enfin sonné. Il ne va plus cesser de rencontrer des gens importants qui vont le faire évoluer dans ce métier qu'il aime tant.

Des metteurs en scène tout d'abord. Jean Girault avec lequel il tourne beaucoup et avec qui il s'entend si bien ; André Hunebelle qui l'a depuis longtemps repéré ; enfin, Gérard Oury qui va lui offrir ses plus beaux rôles.

Louis de Funès est un homme très loyal dans le métier et quand il fait confiance à quelqu'un, il ne s'en sépare jamais. Bon nombre d'acteurs et de réalisateurs ont d'ailleurs eu une belle carrière grâce à lui.

Jean Girault : treize films qui font « sauter la banque »

Il y a une raison majeure pour que Louis de Funès soit resté fidèle à Jean Girault pendant treize films. En 1963, le réalisateur s'est battu pour imposer sa vedette dans *Pouic-Pouic*, alors qu'aucun producteur ne voulait en entendre parler. Girault a dû créer sa propre maison de production pour offrir ce grand rôle à Louis et celui-ci lui en sera éternellement reconnaissant.

Les films de Girault n'ont pas d'autre prétention que d'amuser le public, au moyen d'une forme de comique très visuelle, et ce n'est pas pour rien qu'il a choisi la binette et le talent de Louis. Les deux compères vont ainsi enchaîner des films à succès comme la série des *Gendarme* (six au total), mais aussi *Les Grandes Vacances, Jo* ou encore *La Soupe aux choux*, qui réuniront quasiment à chaque fois plus de cinq millions de spectateurs en salle à leur sortie. Qui aujourd'hui pourrait se targuer d'un tel succès, si commercial soit-il ? Personne.

Sous la houlette de Jean Girault, Louis va même se lancer dans la mise en scène. Pour la première fois de sa carrière, de Funès en plus de jouer réalise en 1980 *L'Avare* et en assure la direction artistique. Quand Louis veut filmer un plan inimaginable et que Girault lui explique que techniquement c'est impossible, il lui tire la langue dans son dos comme les gosses qui n'ont pas eu leur sucette.

Michel Galabru : « Mes respects mon adjudant ! »

Cette rencontre formidable entre Girault et de Funès a amené ce dernier à découvrir un acteur qu'il apprécie particulièrement, parce qu'il renvoie bien la balle et qu'il le rassure : c'est Michel Galabru. Second rôle brillant, il est de ceux, « les inoubliables » du cinéma français qui, par leur seule présence, sauvent un dialogue, une séquence voire tout un film.

Quand Michel Galabru parle de Louis de Funès, ce n'est que pour l'encenser. Les gens allaient d'abord voir la vedette des *Gendarme*. Ils couraient voir de Funès, la star du grand écran. Michel Galabru n'aurait jamais imaginé une telle rencontre, lui qui était issu de la Comédie-Française et qui s'était destiné à jouer plutôt les grands classiques. Il ne regrettera jamais cette fabuleuse confrontation avec Louis de Funès qui lui permit d'accéder au plus haut rang de la comédie populaire.

1964 : l'année du premier *Gendarme*. Nul n'est étonné de voir de Funès dans un uniforme similaire à celui de *La Grosse Valse* où il a triomphé avec la bande de Dhéry. À ses côtés, Michel Galabru, dont les nombreuses apparitions au cinéma ont rendu le visage familier, campe l'adjudant Gerber. Jean Lefèbvre, Guy Grosso et Michel Modo, sans oublier Christian Marin, sont également de la partie.

Comment l'idée des *Gendarme* est-elle venue ? Richard Balducci est un jour victime d'un vol de caméra à Saint-Tropez. Il se rend à la gendarmerie de la station balnéaire où un brigadier lui dit : « Oh, on sait qui c'est votre voleur, mais il faudrait le prendre en flagrant délit. » Richard Balducci n'a jamais retrouvé sa caméra. En revanche, il a donné naissance au premier scénario du *Gendarme de Saint-Tropez*, tellement la situation lui parut insolite.

De Funès est heureux dans le rôle de Cruchot, c'est la vie même, avec les sous-fifres et les dirigeants. Louis a compris qu'il tient un filon comique jusqu'alors inexploité, en interprétant des personnages qui excellent, avec la bêtise la plus grande, dans les rapports entre les dominants et les dominés.

C'est vrai que Louis de Funès est le plus heureux des hommes. Il sent enfin qu'on le respecte, qu'il peut donner son avis et intervenir à tout moment s'il pense bien faire pour le film. C'est à Saint-Tropez que le comédien se rend compte de l'importance qu'il prend dans le paysage cinématographique français et surtout qu'il a atteint le stade où plus personne n'ose le contrarier. Et il se mêle de tout. Il ne comprend d'ailleurs pas pourquoi les acteurs, lorsqu'ils ont fini de tourner un film, s'en vont. Lui, à toutes les étapes, de la première ligne du script jusqu'au tirage de la dernière copie, il est présent. Quand on prend conscience que son simple nom suffit pour monter un film et réunir les moyens nécessaires, il est difficile de ne pas avoir ce genre d'attitude et d'exigence. D'où ce perfectionnisme et ce professionnalisme qui ne le quitteront jamais et qui lui donneront parfois le titre injuste de « dictateur » sur un tournage.

Galabru, lui, a tout de suite compris le jeu de l'acteur. Il suffit de regarder ses yeux quand il nous raconte ses souvenirs avec de Funès, pour comprendre qu'il l'aimait. La réputation de Louis s'est faite souvent sur des « on-dit ». Galabru se rappelle par exemple que Louis avait renvoyé des journalistes de France Inter car, par pure timidité, il n'osait pas leur répondre. Ces mêmes journalistes qui après racontaient n'importe quoi sur Louis car ils avaient été vexés de ne pas avoir eu d'entretien avec lui. Il y a souvent eu des malentendus de ce genre avec de Funès, et Michel Galabru lui rattrapait de temps à autre les coups car il savait que Louis en souffrait et qu'il ne le faisait pas exprès. Voilà qui nous aide un peu mieux à interpréter cette angoisse et ce trac maladifs qui rendaient de Funès si maladroit envers les médias.

Entre le premier *Gendarme* et le deuxième, de Funès, grâce à *Fantômas* et au *Corniaud*, est devenu une très grande vedette et par la même occasion le comique préféré des Français. Le public et même les enfants sentent que derrière la puissance et la vilenie du personnage, il y a de la sympathie, c'est-à-dire que si le spectateur creuse un peu, Louis de Funès n'est pas si méchant que ça.

Louis bénéficie, désormais, d'un très grand régime de faveur, à commencer par l'importance de son personnage dans *Le Gendarme à New York*, l'irascible Cruchot, sur lequel tout le film repose. Michel Galabru et Geneviève Grad qui l'accompagnaient en haut de l'affiche dans le premier de la série glissent au rang de seconds rôles.

Louis de Funès a besoin en permanence d'être mis en confiance et la seule présence de Galabru à ses côtés lui suffit. Cette complicité avec ses partenaires l'amène à les utiliser comme des faire-valoir pour mettre en avant son génie comique et ses nombreux gags. Mais cette communion ne fonctionne pas que dans un sens, car Louis s'entoure de personnes qu'il aime bien et qu'il respecte ; malgré son statut de vedette, il reste proche de toute l'équipe des *Gendarme*.

Galabru raconte que, dans des scènes du *Gendarme*, il y avait souvent des phrases bien anodines et que personne ne voyait comment de Funès pouvait faire pour les jouer. Louis cherchait pendant un moment, puis éclatait de rire : il avait trouvé ! Alors, il faisait partager à son entourage le gag qu'il venait d'imaginer, avec tout le génie qu'on lui connaissait dans ces occasions. Michel Galabru voue une grande admiration à Louis de Funès et ce dernier savait qu'il pouvait compter sur lui à tout moment. Durant le tournage du *Gendarme et les extraterrestres*, le seul jour où Galabru ne tournait pas, on l'a fait appeler sur le plateau ; il paraissait furieux d'être dérangé un jour où il aurait bien dormi toute la journée. Il dut se rhabiller en gendarme et quand il arriva sur le plateau, il vit que Louis était paralysé par sa timidité devant la caméra de Jean-Claude Bourret à qui il devait accorder une interview. Comprenant pourquoi Louis l'avait appelé, Galabru prit le relais. Il fait partie de ces acteurs qui ont connu Louis bien avant la série des *Gendarme*, et notamment dans des émissions de radio. De Funès n'était pas célèbre, avait un trac maladif, mais il avait déjà beaucoup de talent à ses yeux. Galabru sera toujours très respectueux envers Louis et ce sera bien sûr réciproque. À partir du moment où quelqu'un est comédien, Louis l'estime énormément.

Entre deux *Gendarme*, Louis retrouve Galabru dans *Le Petit Baigneur* avec toute la bande des Branquignols ; la bonne humeur n'est pas au beau fixe pour Louis qui n'accepte plus de ne pas avoir son mot à dire. Il doute beaucoup de lui et des autres aussi. Alors, chaque scène du film est rediscutée, redécoupée. Succèdent aux crises de nerfs des crises de colère qui laissent finalement place à des crises de rire.

Tout en étant d'une rigueur extraordinaire, Louis ne cesse jamais de faire des blagues, comme lorsqu'il plonge d'un tracteur dans l'eau boueuse, pour n'en réapparaître qu'au bord de l'asphyxie.

Le gendarme se marie, que Louis n'accepte de tourner qu'à la condition que sa femme soit la douce Claude Gensac, a été plébiscité par un référendum auprès du public qui désirait voir Cruchot avec la bague au doigt. Dans une des scènes, Louis doit mettre une contravention pour excès de vitesse à Claude Gensac, quand on lui apprend qu'il est en train de réprimer la femme du colonel, amie d'un certain général, président de la République. Terrifié, il pose sa tête suintante sur l'épaule de Galabru et lui murmure : « J'ai envie de faire pipi, je fais pipi. » C'est une scène très drôle et totalement improvisée.

Il est vrai qu'avec « rien », Louis de Funès réussit à faire rire systématiquement un public de plus en plus large et son plus grand bonheur est de savoir qu'il fait plaisir à son auditoire et surtout aux enfants.

Pour clore la série, suivront encore trois *Gendarme*, l'un en balade, l'autre avec les extraterrestres et son dernier film avec des gendarmettes. Ce ne sont pas des chefs-d'œuvre, mais ils ont encore la vertu de réunir des millions de rires en salle. Louis aurait tout de même mérité de terminer son apogée par un film un peu plus culte.

Mais le saviez-vous ? Un nouveau volet de la série était prévu par Girault et de Funès avec *Le Gendarme à Waterloo*. Nos personnages mythiques de Saint-Tropez auraient traversé le temps pour faire la rencontre de Napoléon. Un avant-goût des *Visiteurs* ? Mais ce projet n'a jamais vu le jour, Girault étant décédé en 1982 et Louis l'année suivante.

Il y a toujours eu une distorsion entre les propos des critiques et l'admiration forcenée du public. Il est vrai que ceux qui appartiennent ou qui croient appartenir à « l'intelligentsia du cinéma » ont toujours eu un jugement sévère à propos des films de Louis de Funès et qu'il en souffrait beaucoup. Mais dénigrer de Funès, c'est également dénigrer son public très fidèle qui représente aujourd'hui quelque 350 millions de spectateurs et téléspectateurs réunis (toute rediffusion comprise), et ça, c'est un fait que personne ne peut nier. « On le traitait de ringard, rajoute Galabru, car son comique était simple et on trouvait ça trop simple pour que ce soit jugé intelligent ; mais c'est cette simplicité dans le comique qui est le plus dur à trouver. »

Louis de Funès est à un tel point affecté par les critiques, qu'à un certain moment de sa carrière, il veut tourner avec des gens comme Polanski ou même interpréter des grands classiques pour prouver qu'il est un comédien à part entière. Il ne jouera que *L'Avare* de Molière, mais au cinéma et non sur les planches de peur de desservir l'auteur dans ses textes. Les critiques diront à ce sujet : « Tout Molière n'est pas dans *L'Avare*, mais tout *L'Avare* est dans le film de Louis de Funès » ; ou encore : « Cet *Avare* façon de Funès rajeunit Molière sans le trahir. » Enfin des critiques qui font plaisir à de Funès et même si ce film n'a pas rencontré le succès escompté, Louis est heureux de s'être mis en danger et d'avoir un peu changé de registre. Il n'aura malheureusement plus l'occasion de prendre de nouveaux risques avant sa disparition.

Dans cet *Avare*, Louis interprétant le célèbre Harpagon, demande à Galabru d'être Maître Jacques, toujours rassuré de l'avoir dans son équipe. De nombreux fous rires émaillent le tournage. Notamment lorsque de Funès doit étrangler Galabru sur la table de la cuisine. Tout au long du film, on peut voir que les rires retenus des deux compères se lisent sur leurs lèvres.

Ce qu'il y a de plus incroyable, c'est qu'encore aujourd'hui, quand on évoque l'acteur Michel Galabru, on ne parle pas de ses fabuleuses prestations dans *Le Juge et l'assassin*, *L'Été meurtrier* ou encore *Portrait de groupe avec dame*. Galabru aux yeux de son public très large est avant tout l'adjudant Gerber de la série des *Gendarme*. Il lui arrive même de se faire appeler Cruchot quand les gens le reconnaissent dans la rue.

L'homme, quand il est petit, se rabaisse, flatte et dès qu'il est important, tape sur les autres ; c'était le jeu comique préféré de Louis. Il se moquait de lui-même et il était très conscient de sa notoriété. Il s'en servait comme base de son comique, un comique qui raillait le sérieux de l'homme ; c'est tellement plus profond de faire rire les gens d'eux-mêmes et de leur situation.

André Hunebelle : « Bas les masques, Fantômas ! »

Réalisateur de la célèbre trilogie des *Fantômas*, André Hunebelle se souvient que dans son dernier film *Fantômas contre Scotland Yard*, la presse avait affirmé en toutes lettres : « Ce n'est plus *Fantômas contre Scotland Yard*, mais Juve contre les fantômes. »

André Hunebelle fait partie de ceux qui ont eu du nez pour flairer l'affaire rapidement avec Louis de

Funès. En effet, le cinéaste dans les années 50 appelle à plusieurs reprises Louis de Funès pour jouer des petits rôles, notamment dans *Ma femme est formidable*, *Monsieur Taxi*, *L'Impossible monsieur Pipelet*, jusqu'au jour où il lui propose, parmi les premiers, de tenir une tête d'affiche dans *Taxi, roulotte et corrida* en 1958. C'est leur sixième rencontre, mais la première décisive en terme de partenariat. De Funès se rend en Espagne, son pays d'origine, et joue dans une comédie moyenne, mais qui annonce un avenir brillant pour le futur trio de la série des *Fantômas* : André Hunebelle, le scénariste Jean Halain (son fils) et Louis de Funès.

Fantômas, premier de la série, tourné en 1964, juste après le premier *Gendarme*, s'affiche sur tous les murs de la capitale avec en vedettes, Louis de Funès, Jean Marais et Mylène Demongeot. Il sera suivi en 1965 de *Fantômas se déchaîne* et en 1966 de *Fantômas contre Scotland Yard*, toujours avec les mêmes comédiens. André Hunebelle concocte son cocktail préféré à base de rebondissements et de rires, et réunit Marais et de Funès pour trois adaptations pas toujours fidèles de *Fantômas*, mais très efficaces commercialement.

« Je m'entendais très bien avec lui, dira Mylène Demongeot, ce qui n'était pas toujours le cas entre Jean Marais et lui ; il était capable d'être enfantin, mais très sérieux et pointilleux ; c'est le seul homme avec qui j'ai eu un accident de voiture tellement il roulait doucement : on s'est fait rentrer dedans à l'arrière. »

Jean Marais : un Fantômas à deux têtes

L'ambiance entre Marais et de Funès n'est pas toujours la meilleure. Aux yeux de De Funès, Jean Marais est un immense acteur qui a tourné avec les plus grands comme Marcel Carné, Jean Cocteau, René Clément, Yves Allégret, Sacha Guitry, Christian-Jaque et bien sûr de nombreux films avec André Hunebelle.

Louis de Funès, impressionné par ce comédien hors norme, le rencontre au cours de toutes petites apparitions dans, notamment, *Dortoir des grandes*, *Si Paris m'était conté*, *La Vie à deux*, *Le Capitaine Fracasse*, des films où Marais a de très grands rôles alors que de Funès débute.

Et puis arrive la série des *Fantômas* où pour la première fois de Funès a la même importance sur l'affiche que Marais et Mylène Demongeot. « Ce sont les premiers comédiens à m'avoir accepté avec eux au-dessus du titre, note de Funès. Avant, j'étais toujours en dessous, éternelle vedette... américaine ! »

Jean Marais sera successivement dans sa carrière l'interprète des personnages les plus célèbres de la littérature populaire : le Bossu, le Capitan, le capitaine Fracasse, Stanislas, Fantômas, le Saint ; alors que de Funès s'est hissé au sommet en interprétant des personnages pratiquement toujours odieux, mesquins, dissimulateurs et lâches et déclenchant l'hilarité auprès du public. Marais et de Funès évoluent donc dans deux genres diamétralement opposés.

Dans les films de Hunebelle, le tandem prend des allures chimériques, le public y trouve son compte et ne s'ennuie jamais mais, au-delà de l'écran, les tensions vont se faire de plus en plus nombreuses, malgré l'immense estime que se vouent les deux acteurs.

Jean Marais ne peut oublier qu'avant, lorsqu'ils tournaient ensemble, de Funès était second rôle tandis qu'il tenait seul la vedette.

Lorsque Louis est devenu une vedette à son tour, certains subitement se sont mis à le féliciter, à le fréquenter et à profiter de son nouveau statut. Alors Louis s'est méfié de plus en plus et cela a dû avoir des conséquences sur son comportement. Et puis les plus beaux films interprétés par Jean Marais étaient déjà derrière lui et, sans évoquer pour autant une jalousie avérée, Marais pouvait envier la fulgurante ascension cinématographique de Louis. Difficile de partager la vedette quand on est habitué à être tout seul au sommet.

Même s'il incarne des rôles de râleurs égocentriques et caractériels, Louis de Funès sait que ses personnages, le commissaire Juve, tout comme celui du gendarme, sont en train de lui apporter une popularité énorme. Et souvent pour interpréter une scène, de Funès a une vision différente de celle de son metteur en scène, Hunebelle. À bout d'arguments, l'un et l'autre, ils tournent finalement les deux versions... Et, au montage, c'est souvent celle de Louis qui est choisie ! D'où l'intérêt pour le réalisateur de l'écouter et de le laisser faire. Voilà qui est de Funès sur un tournage : ambitieux, exigeant, perfectionniste, minutieux.

Un an après le premier *Fantômas*, de Funès retrouve le chemin des studios pour tourner *Fantômas se déchaîne*, le deuxième volet des aventures intrépides du commissaire Juve et du journaliste Fandor. Un petit nouveau a rejoint la troupe, un certain Olivier de Funès. Au lycée, les copains d'Olivier lui disent : « C'est pas difficile pour ton père de gagner des millions, il n'a qu'à faire des grimaces. » C'est pour cette raison que Louis veut que son fils comprenne un peu les réalités de ce métier. Le meilleur moyen de le mettre dans le bain étant de lui donner un rôle. Olivier tournera encore dans cinq films avec son père.

Dans *Fantômas se déchaîne*, Louis de Funès alias le commissaire Juve fulmine, se cache sous une dizaine de déguisements hilarants, de valet de chambre en contrôleur ou même en pirate, il utilise tous les gadgets possibles pour faire rire son public. Cela éclipse davantage ses partenaires et n'est pas pour plaire à Jean Marais.

1967 : Louis vient de triompher internationalement dans *La Grande Vadrouille* de Gérard Oury avec son copain Bourvil. Il rempile aussitôt pour le dernier de la série, *Fantômas contre Scotland Yard*, mais à présent, Louis et sa femme se montrent intraitables en affaires. En effet, Louis sait maintenant qu'un film est vendu uniquement parce qu'il est sur l'affiche, alors il est méfiant lorsqu'il doit signer un contrat. Derrière ce que l'on pourrait appeler des caprices de star, de Funès est de plus en plus traqueur, terrifié qu'un jour tout s'arrête. Il se souvient des longues années de « galère » et ne veut surtout pas ramener les siens à cette époque douloureuse.

Le tournage du dernier *Fantômas* se passe relativement bien malgré les discordes continuelles entre de Funès et Marais. Pour ne rien arranger, à la sortie du film, la presse ne parle que de la formidable prestation de De Funès, ce qui veut tout dire sur le rôle réduit et éclipsé de Jean Marais et celui de Mylène Demongeot.

Il n'est désormais plus pensable, ni pour notre comédien national, ni pour les réalisateurs qui le mettent en scène, de l'imaginer autrement qu'en vedette.

Gérard Oury : les corniauds en vadrouille

Quand on demande à Gérard Oury pourquoi Louis, qu'il connaissait si bien, n'a jamais eu de successeurs, il nous répond : « Ce qui fait que Louis n'a jamais été remplacé, c'est qu'il a passé le mur du son ; il est allé au-delà de ce qu'on attendait d'un acteur et au-delà, tout devient possible. »

Est-ce Gérard Oury qui a été un tremplin pour Louis de Funès ou l'inverse ? Les deux seraient sans doute d'accord pour dire qu'ils se sont bien trouvés et qu'ils se sont construits ensemble. Gérard Oury a exactement la même vocation que son complice de Funès. Il désire avant tout divertir son public. Le réalisateur a un message à transmettre dans ses films, un message social destiné à faire oublier les soucis aux gens préoccupés. Mais il veut aussi les faire rire avec des exemples affranchis de bassesses ou de vulgarités.

C'est sur le tournage de *Le crime ne paie pas*, qu'en 1961, de Funès, qui avait un petit rôle, dit à Oury : « Tu devrais faire du comique, tu serais bien meilleur et je suis sûr que ça marcherait, car tu es le seul à rire et un metteur en scène qui rit, ça me dope. » Paroles que Gérard Oury ne mettra pas longtemps à adopter puisque, aussitôt, son équipe et lui se mettent à l'écriture du *Corniaud* dont Bourvil et de Funès seront le duo vedette : « Bourvil et de Funès m'apparaissent évidents, se souvient Oury dans ses *Mémoires d'éléphant*. Le premier pour jouer le couillon qui, à la fin, prendra sa revanche ; le second, la fripouille, dont les manigances se retourneront contre lui. Ils ont envie de travailler ensemble, ça tombe bien. »

Bourvil : la tagadagada tactique du tandem

Bourvil a tourné avec de Funès dans *Poisson d'avril*, *Les Hussards* et bien sûr la savoureuse *Traversée de Paris*. Ils se retrouvent au courant de l'année 1965 et le duo fonctionne à merveille, proposant à leur cinéaste des idées qu'ils trouvent la veille. Les deux complices se complètent parfaitement et apprennent à partager avec succès une veine comique différente.

Dans *Le Corniaud*, les deux rôles de composition sont à peu près égaux, l'un avec un comique fondé sur l'ingénuité, l'affection, et l'autre plutôt sur la pugnacité, monté sur ressorts. Oury, voyant de Funès râler parce qu'il trouve que son rôle est réduit, lui écrit sur mesure une scène visuelle d'anthologie, celle de la douche dans le camping. De Funès, dont la stature d'athlète est bien connue, compare ses muscles à ceux d'une espèce d'armoire à glace, un croisement entre Stallone et Schwarzenegger. Irrésistible ! Succès énorme puisque ce film réunit plus de neuf millions de spectateurs en salle, un record pour l'époque. Il décroche d'ailleurs le prix du meilleur scénario au festival de Moscou.

L'extraordinaire tandem formé par Bourvil et de Funès aura même suscité la parution d'un article dans un numéro du *Time* où l'on compare notre duo français au « célèbrissime » Laurel et Hardy. De Funès, très sensible à cette référence, dira qu'il est enchanté qu'on compare Bourvil et lui-même à Laurel et Hardy qui sont ses dieux, au même titre que Chaplin et Max Linder. Dans le genre comique, il reste à conquérir la lune et à eux deux, ils ne font que des sauts de puce. Ce qui est fabuleux, c'est qu'ils ont la faculté de s'allumer l'un l'autre, sans jamais s'éteindre et ça, personne ne peut le leur enlever.

Bourvil, très heureux des remarques de son ami, répondra que de Funès et lui sont si différents qu'ils ne peuvent se gêner. Louis est plus clown que lui, c'est un mime extraordinaire, tandis que le comique de Bourvil est plus émouvant, plus naïf aussi. Qui pourrait les arrêter après s'être autant complimentés ? Sûrement pas Gérard Oury qui a gagné son pari et qui sait si bien les mettre en valeur. Il se plonge donc pendant deux ans dans l'écriture de sa *Grande Vadrouille*, la plus belle histoire que Bourvil, Funès et Oury vont connaître ensemble.

Tout commence sur le tournage du *Corniaud* où Gérard Oury raconte à ses deux vedettes l'histoire de *La Grande Vadrouille* : « Deux aviateurs de l'équipage d'un bombardier britannique abattu par la défense aérienne allemande tombent par hasard dans vos vies : toi, Louis, un grand chef d'orchestre, puisque tu connais la musique et tu sais jouer du piano, toi, André, un peintre en bâtiment en train de ravaler le mur surplombant la Kommandantur. » Il n'en faut pas plus à nos deux acteurs pour accepter d'emblée cette nouvelle proposition.

Le 16 mai 1966, le premier tour de manivelle est annoncé. Mais Bourvil et de Funès, qui avaient peu de scènes communes dans *Le Corniaud*, ne se quittent plus dans *La Grande Vadrouille*. Et pendant que le jeu de l'un se détériore, celui de l'autre s'améliore. En effet, Bourvil perd de sa spontanéité au fur et à mesure que de Funès se perfectionne, ce qui pose problème au début du film. Fort heureusement, les deux comédiens sont suffisamment complices pour s'attendre et ne pas se perdre en cours de route. Ils mettent au point des gags qu'ils trouvent en répétant de leur côté et qu'ils soumettent à Oury qui traditionnellement leur dit : « j'achète » ou « j'achète pas ».

L'ambiance sur le plateau est excellente même s'il arrive que de Funès soit de mauvaise humeur le matin. Son anxiété de toujours mieux faire que le jour précédent prend souvent le pas sur son sommeil. C'est alors que Bourvil entonne un air d'opérette (« C'est nous qui sommes les abeilles... bzzz... bzzz ») et tout le monde rit sur le plateau, y compris de Funès qui retrouve le sourire et qui se détend. Comme quoi un petit coup de « dard » et hop, ça repart !

Une scène tient tout particulièrement à cœur à Louis : celle où il doit diriger le grand orchestre à l'Opéra pour jouer *La Damnation de Faust* de Berlioz. Pour cela, il répétera de nombreuses semaines devant son miroir pour être le plus crédible possible et prendra même des leçons avec le directeur de l'Orchestre national. De Funès était comme ça, il voulait toujours aller jusqu'au bout des choses. Louis avoue qu'il a eu un trac fou la première fois qu'il s'est installé au pupitre. Pensez, l'Orchestre national, l'Opéra ! L'ouverture de *La Damnation* jouit d'une orchestration magnifique, exaltante, et de Funès est transfiguré, tourné vers l'intérieur de lui-même. Il est pour quelques instants le grand chef d'orchestre de l'Opéra de Paris, Stanislas Lefort, la perruque ébouriffée et la baguette au vent !

Au printemps 1966, Gérard Oury emmène sa *Grande Vadrouille* à travers la Lozère, l'Aveyron, la Bourgogne et Paris. Au total, dix-sept semaines de tournage et un budget avoisinant les quatorze millions de francs, soit trois fois plus que *Le Corniaud*. Des gags à la pelle, le public ne désemplit pas les salles et en redemande. Plus de dix-sept millions et demi de spectateurs vont voir *La Grande Vadrouille* en France, ce qui place ce film parmi les plus vus par les Français au cinéma derrière *Titanic* depuis 1945. Sans compter son exploitation à la télévision, où il enregistre toujours les meilleurs taux d'audience. À noter qu'il sera même sélectionné pour l'Oscar à Hollywood. Il l'aurait d'ailleurs mérité !

À cinquante-deux ans, Louis de Funès a déjà une centaine de films derrière lui. Il est au sommet de la gloire, une véritable institution du rire. Il croule sous des projets qui ne lui permettront pas de prendre de vacances pendant plus de deux ans. Son copain Bourvil savoure aussi ce couronnement et mène parallèlement une carrière exemplaire.

Le Corniaud, *La Grande Vadrouille*, Gérard Oury a bien compris qu'il tenait un filon en or avec ses deux comiques. Il a déjà une nouvelle idée en tête à leur proposer, *Les Sombres Héros*, libre adaptation de *Ruy Blas* qu'il avait joué à la Comédie-Française quelques années auparavant. Mais avant ce grand projet, il reprend la plume pour réaliser *Le Cerveau* en 1969, avec son fidèle ami Bourvil, David Niven et Jean-Paul Belmondo, tandis que Louis de Funès tourne pour Édouard Molinaro et détonne dans *Hibernatus*.

Juillet 1970, Bourvil, à la demande de Gérard Oury, se rend à son domicile afin de concrétiser son nouveau film aux couleurs espagnoles avec son copain de Funès. Terriblement amaigri, Bourvil est presque méconnaissable. On ne discerne même plus son regard si tendre. Oury se rend bien compte que son ami est malade, mais il ne se risque pas à le contrarier. Ils discutent de leur futur film comme si de rien n'était. Bien que de Funès ait manqué ce rendez-vous, il sait que son duettiste souffre, mais il n'ose l'appeler ni aller le voir comme pour conjurer le sort. Louis aime sincèrement Bourvil et se refuse à imaginer le pire. Pourtant Bourvil est condamné. Sa maladie est plus forte que lui. Le 22 septembre 1970, Bourvil s'éteint en lançant une dernière phrase à sa femme Jeanne : « C'est pas juste. » La famille Raimbourg attendra le matin pour annoncer cette tragédie, qui bouleversa la France entière.

Par humilité et terrassé par le chagrin, Louis de Funès préfère ne pas se rendre à l'enterrement où Gérard Oury le représente. Pour Louis de Funès, Bourvil avait quelque chose de plus, un « je ne sais quoi » de tendresse. Fufu, lui, n'a qu'un seul registre.

Atterré par la disparition de son partenaire, il demandera à Girault de retarder certains raccords du *Gendarme en balade* et fera savoir à Oury qu'il abandonne le projet des *Sombres Héros*. Il ne voit personne capable de remplacer son acolyte. Il préfère se retirer quelques jours dans son château de Clermont pour se reposer et cacher sa peine.

Entre-temps, Oury rencontre Simone Signoret, l'héroïne de *Casque d'or* qui lui suggère, au lieu d'abandonner son projet de film, de réécrire *Les Sombres Héros*, rebaptisé *La Folie des grandeurs*, avec de Funès et Yves Montand.

Yves Montand : « Flattez-moi mon bon Blaze ! »

L'idée fait son chemin. Gérard Oury mime le personnage de don Salluste, joué par Louis de Funès, pour convaincre Montand. Ce dernier a tellement ri qu'il a dit oui instantanément. Mais Montand accepte de jouer uniquement parce qu'il est partenaire de Louis de Funès et non pour le plaisir de tourner en Espagne, lui qui exècre la dictature franquiste. « Il y a longtemps que je voulais travailler avec de Funès. Pour moi, c'est un clown génial, dira Montand. Attention ! Je dis clown respectueusement, comme je parlerais d'un Grock ou d'un Charles Chaplin. »

Le scénario est réadapté grâce aux talents conjugués d'Oury, de Danielle Thompson, sa fille (scénariste de *La Boum*, réalisatrice de *La Bûche*), et de l'écrivain Marcel Jullian. De Funès (alias don Salluste) et Montand (alias Blaze) composeront le nouveau duo effréné du prochain film d'Oury. « Bourvil était plus Sganarelle, Montand sera plutôt Scapin », ajoute le réalisateur.

Dix-huit mois d'écriture, quatorze scénarios retouchés, Gérard Oury, toujours aussi perfectionniste, est prêt à emmener sa grande équipe en Andalousie : Louis de Funès, Yves Montand, mais aussi Alice Sapritch, Paul Préboist et Venantino Venantini.

Le duo Montand-de Funès n'est pas comparable à celui de Bourvil-de Funès, mais les gags fonctionnent à merveille telles les tartes à la crème des films muets : le carrosse, le strip-tease, les passes de rugby avec la bombe dans le palais, le nettoyage des oreilles, la conversation avec le perroquet, la visite de la reine au réveil de De Funès, ce même don Salluste qui perd la voix lorsqu'il ne retrouve plus la reine dans les bras de son valet. Bref, une connivence s'installe entre les deux protagonistes.

Don Salluste a beau être le plus odieux, le plus veule, le plus méchant des ministres, son valet, Blaze, n'est pas totalement « blasé », tout comme son fidèle public qui encombre les salles de cinéma. Les plus chanceux pourront même le voir en même temps au Théâtre du Palais-Royal, dans *Oscar*, qu'il rejoue pour le plaisir de tous, plus en forme que jamais. Pièce de Claude Magnier qu'il reprend pendant plusieurs mois avant de se lancer dans une nouvelle aventure, sans doute la préférée à ce jour de Gérard Oury, celle de *Rabbi Jacob*, où Louis est l'unique grande tête d'affiche. Encore un film sur mesure, qui présage une belle réussite puisqu'on y attend un de Funès en bourgeois français, xénophobe et antisémite, déguisé en rabbin avec barbe et papillotes, lancé dans une affaire de prise d'otages entre Juifs et Arabes. Histoire qui se veut originale, ambitieuse mais difficile à réaliser puisque, à chaque moment, le conflit israélo-palestinien menace d'éclater au Proche-Orient. Un film qui nécessite plus de cinquante semaines d'écriture, réglé aux détails près, afin de peaufiner au mieux le personnage de Fufu.

Mais Gérard Oury a bien sûr laissé une certaine marge d'improvisation dans le gag ; tout est mesuré pour aller plus loin dans l'exploration d'un comique plus frénétique.

Cette très grande complicité entre Gérard Oury et Louis de Funès, ils la cultivent, ils en prennent soin, tellement heureux d'avoir la même manière d'envisager le comique et de l'approfondir davantage à chaque nouvelle rencontre. Si l'on fait un bilan sur la carrière de Louis, Oury aura écrit les plus beaux rôles pour son acteur fétiche : P-DG, mais grand trafiquant dans *Le Corniaud* ; grand chef d'orchestre dans *La Grande Vadrouille* ; ministre, campant un grand d'Espagne dans *La Folie des grandeurs*. Il voyait tout en grand pour le plus grand comique de son époque !

La distribution du nouveau film de Gérard Oury est désormais faite : Suzy Delair *(Quai des Orfèvres)*, dans le rôle de l'épouse de De Funès, Miou-Miou, petite nouvelle issue du Café de la Gare, joue le personnage de sa fille et puis Henri Guybet, qui s'attendait à une petite contribution et qui finalement décroche le second rôle du film en interprétant Salomon, le chauffeur de Louis. « Je n'en revenais pas d'avoir eu ce rôle, rapporte Guybet. On m'avait dit que de Funès faisait couper des scènes et qu'il était désagréable ; c'est tout le contraire qui s'est passé ; il était très gentil, très professionnel et j'avais compris pour qu'il renvoie bien la balle qu'il fallait que mon jeu soit très différent du sien ; Louis de Funès jouait vraiment avec ses partenaires. »

Louis de Funès alias Victor Pivert s'en donne à cœur joie et tout le monde retient les scènes du chewing-gum et sa prouesse dans l'interprétation de la danse yiddish, avec ses bas blancs et son schtreimel. Et pour cause ! Tous les matins depuis un mois, avant de tourner, Louis prend des cours de danse afin de réussir cette scène. Un cocktail de patience, de sérieux et de perfectionnisme ! De même il recommence à plusieurs reprises et plusieurs fois par jour la scène dans laquelle il tombe dans des cuves immenses. Tant qu'il n'est pas satisfait de la prise, il se laisse glisser sur le toboggan qui le plonge dans la cuve de pâte verte. On le sèche, il change de costume et il recommence. Quelle santé ! « Louis, sucré, après qui guêpes, abeilles, fourmis galopaient en extérieurs, raconte Oury dans ses *Mémoires d'éléphant*, trouvait encore le moyen, avant de sauter dans l'énorme cuve contenant cinq tonnes de liquide verdâtre, de répéter encore une fois ses danses hébraïques. Quelle foi, quel amour du métier ! »

Un amour du métier qui est en train de brûler à petit feu Louis de Funès, tant il veut que tout soit parfait, tant il souhaite que le public continue à l'aimer. Même Gérard Oury ignore qu'il faut ménager sa vedette dont le cœur, si gros soit-il, ne tiendra pas éternellement. Louis est exigeant, travailleur, impatient, nerveux, et quand il s'agit de faire rire, il demeure impassible. Lorsque Gérard Oury lui demande de recommencer telle prise, quelle que soit la difficulté de celle-ci, Louis fait preuve d'un grand professionnalisme. Et il ne joue jamais deux fois pareillement ; Oury peut témoigner de son invention permanente, le rire naissant d'une surprise qu'on n'attendait pas.

Pendant qu'Oury tourne les dernières scènes dans les rues de New York, notamment celle du taxi avec le « vrai » rabbin, Louis est parti se reposer quelques jours dans son château de Clermont. *Les Aventures de Rabbi Jacob* sont terminées pour de Funès qui attend la sortie nationale prévue le 18 octobre 1973. Pour l'heure, il est déjà sur les planches pour interpréter le général dans *La Valse des toréadors* de Jean Anouilh. Il joue cette pièce environ deux cents fois avec toujours autant de succès. Il apprécie quand même la fin des représentations car, bien qu'il mette ça sur le compte de la fatigue, ses premiers pincements au cœur se sont fait ressentir.

Louis de Funès triomphe sur tous les plans, au cinéma comme au théâtre. *Rabbi Jacob* enregistre vingt-cinq millions de francs de recettes en quatorze semaines, un nouveau record et un pari encore remporté. Aussi Gérard Oury, destiné au succès éternel et trop heureux de savourer cette nouvelle réussite, propose-t-il à de Funès un autre projet, intitulé *Le Crocodile*. Louis y camperait le rôle d'un dictateur nommé Crochet, marié à une chanteuse d'opéra qui le trompe avec son chef de police. Ce petit colonel teigneux et rapace déciderait, une fois au pouvoir, d'organiser des putschs contre lui-même qui provoqueraient un coup d'État. Ainsi, le dictateur de droite se retrouverait en prison avec des gauchistes et se servirait de la gauche pour monter un contre-putsch et revenir au pouvoir.

De Funès semble conquis par le rôle, se voyant déjà virevolter de tout bord, fougueux, déchaîné, volcanique, pour continuer à être le meilleur dans son registre.

Alors que la publicité du film est déjà affichée, annonçant plus de mille cinq cents gags, tout s'écroule : Louis de Funès vient d'être victime d'un infarctus, ce 21 mars 1975. Ses proches et des millions de fans sont sous le choc. Heureusement, il s'en sort, mais est contraint et forcé de se reposer de longs mois. Fini *Le Crocodile*, finis les grands projets où Louis se démène de tout son art, finie la complicité irremplaçable entre Oury et de Funès, car les films sont trop épuisants et usants. Désormais, Louis devra économiser ses forces et ses déplacements énergiques. À partir de ce jour, notre comique s'impose une sieste quotidienne, et pour couronner le tout, un régime draconien. Il sait qu'il ne pourra plus se dépenser en mille grimaces exténuantes devant les caméras... Oury le sait aussi : son acteur privilégié ne pourra plus interpréter ce genre de rôles, à la fois dynamique et harassant. Afin d'éviter que son *Crocodile* ne tombe à l'eau, Oury propose quelques semaines plus tard le rôle à Peter Sellers *(La Panthère rose)*, qui accepte d'emblée. Malheureusement, au moment de signer le contrat, Oury apprend que Sellers vient de succomber des suites d'une... crise cardiaque. Ce maudit *Crocodile* porte malheur à tous ceux qui s'en approchent et puisque personne n'a la carapace pour s'en protéger, il faut donc ne plus en parler. Le scénario dort encore aujourd'hui dans les tiroirs du bureau de Gérard Oury.

Jean Gabin : la traversée du tatoué

Bien avant cette traversée du désert contrainte et imposée, et donc bien avant les signes de son infarctus, Louis continue son bonhomme de chemin à la rencontre d'acteurs prestigieux, qui étoffent sa carrière cinématographique. C'est le cas du « fabuleux destin de Jean Gabin » qui, en dehors de l'immense respect qu'il éprouve pour de Funès, est un peu exténué par toutes les « moulinettes » et gesticulations de l'acteur.

La première fois que Louis croise le regard de Gabin, c'est sur le tournage de *Napoléon*, où « Le vieux » interprète le rôle du maréchal Lannes ; mais leur première vraie rencontre remonte au film d'Autant-Lara en 1956, *La Traversée de Paris*.

Louis est extrêmement impressionné par l'acteur mythique qu'est Gabin. Pensez ! Donner la réplique à celui qui triompha dans *Pépé le Moko*, *La Grande Illusion*, *Quai des brumes*, héros tragique du cinéma d'avant-guerre, ou encore dans les mémorables et non moins célèbres *Touchez pas au grisbi*, *Razzia sur la chnouf*, *Le cave se rebiffe*, *Un singe en hiver*, *Mélodie en sous-sol*. Autant de films qui ont fait de Gabin un « monument », une nature, une présence, un admirable comédien de composition.

Dans *La Traversée de Paris*, Gabin a très vite remarqué que de Funès est un bon et en veut ; mais Louis en fait trop. Alors sur le tournage, Gabin s'impatiente, s'énerve même, excédé par la gestuelle, encombrante à ses yeux, de Louis. L'ambiance du plateau varie, entre Bourvil qui se veut rassurant,

Gabin bougonnant et Autant-Lara qui trouve Louis surprenant.

De Funès retrouve Gabin en 1962 dans *Le Gentleman d'Epsom*, où il tient le rôle d'un grand restaurateur, escroqué par l'aigrefin Gabin, adepte des champs de courses ; un rôle qui annonce le futur monsieur Septime du *Grand Restaurant*. En secret, les deux acteurs se respectent énormément, mais de Funès n'arrive pas à mettre Gabin dans sa poche et le trouve même désagréable. Nos deux râleurs et persifleurs auraient pourtant amplement gagné à se connaître davantage.

Les deux comédiens ne se revoient que six ans plus tard pour jouer à nouveau ensemble dans *Le Tatoué* de Denys de La Patellière. Mais cette fois-ci, les rôles sont inversés : de Funès, en 1968, est à la tête du box-office, tandis que Gabin ne retrouve plus le succès de naguère. Nos deux acteurs aux styles si différents s'opposent sur un point essentiel : Gabin joue son texte de manière très précise et très prévue d'avance, alors que de Funès répond spontanément et retravaille son jeu au fur et à mesure des prises, d'où un décalage presque obligé. De Funès veut recommencer des rushes qu'il ne trouve pas bons, tandis que Gabin fulmine en attendant que Louis ait mis son numéro au point. Quand de Funès dit qu'il a l'impression d'avoir la jaunisse en se revoyant à l'écran, l'autre lui rétorque aussitôt que lui a la rougeole, mais qu'il la ferme... Bref, l'ambiance sur le tournage ne change pas d'un film à l'autre.

Le Tatoué aurait pu être un vrai délire visuel, pour ne pas dire un vrai délice visuel, mais Denys de La Patellière n'a pu faire face ni aux exigences de l'un, ni aux exigences de l'autre, d'où cette confrontation pas toujours heureuse dans le film. Gabin s'auto-caricature à l'extrême dans son rôle de légionnaire en retraite, et de Funès pour sauver le film nous dévoile une panoplie de tics et d'effets, pas toujours justifiés. Pourtant, si l'on regarde de plus près certaines scènes du film, on peut déceler des trêves entre les deux acteurs. On sent parfois qu'ils prennent du plaisir à jouer et à s'échanger leurs répliques, avec même de temps à autre une collusion irrésistible qui nous mène directement au fou rire.

Louis de Funès considérait Gabin comme un Grand Monsieur. Ils auraient peut-être pu mieux s'entendre si Louis avait pu le tutoyer, ce qu'il n'a jamais osé faire contrairement à Gabin.

À la mort de Gabin en 1976, Louis est très touché par la disparition de celui qu'il appelait « Le grand ». Il envoie un télégramme à sa veuve et ressasse des souvenirs. Gabin, dans ses dernières volontés, désirait que ses cendres soient éparpillées dans l'Atlantique. Le pacha s'en est allé rejoindre l'océan.

Bernard Blier : un commissaire sur mesure

On parle peu du tandem impayable formé par Louis de Funès et Bernard Blier. Lorsque de Funès joue des petits rôles dans les années 50, Bernard Blier occupe le devant de la scène : *Sans laisser d'adresse* (1950), *Agence matrimoniale* (1951), *Je l'ai été trois fois* (1952), *Scènes de ménage* (1954), *Les Hussards* (1955). Puis, de Funès commence à obtenir des premiers rôles et reste de longues années sans retrouver

Bernard Blier. *Le Grand Restaurant* en 1966 et *Jo* en 1971 les réuniront enfin. Au-delà de la fidélité qu'on peut deviner entre les deux hommes, c'est une véritable complémentarité qui existe entre leurs caractères.

Bernard Blier joue le rôle du commissaire dans *Jo* et *Le Grand Restaurant*, un commissaire qui doute des bonnes actions de De Funès. Avec son visage fermé, Blier ne donne pas envie de rire et il le fait sentir à un de Funès dans ses petits souliers. Avec le commissaire, pas de blagues, on ne rigole plus... Le contraste de jeu entre les deux acteurs est saisissant : de Funès court partout, énervé, agité, tapant et enguirlandant tout le monde ; Blier au contraire est une entité immobile. Il suffit qu'il arrive et tout se calme devant ses yeux. Il parle d'un ton froid qui laisse sans réplique, il distille une menace qui demande de se ranger auprès de lui et de ne pas faire le malin. Blier sait comment faire craquer de Funès, car il connaît les gens comme lui. Il manie le discours ironique à la perfection. Lorsqu'il affiche un petit sourire, c'est plutôt mauvais signe, car l'instant d'après cela cache souvent un fameux coup de gueule. Dans *Le Grand Restaurant*, après avoir bousculé Septime, il ne lui laisse pas le choix. Si de Funès tergiverse, refuse, Blier rapproche son visage de bouledogue prêt à mordre dangereusement de celui d'un de Funès qui se liquéfie. Le langage du personnage de Blier est hérité de celui des *Tontons flingueurs*, ce sont les dialogues d'Audiard, empreints de métaphores et d'images savoureuses. Dans *Le Grand Restaurant*, cela vaut le détour quand il décrit sa « spécialité maison » au cas où Septime refuserait de coopérer : « Vous prenez un suspect bien dodu, vous l'entourez de quatre inspecteurs bien en chair, vous faites mariner le tout quarante-huit heures à l'étouffée, voilà de quoi délier les langues les plus rébarbatives. » De Funès sue et bafouille. Le jeu de Blier c'est de mettre la pression. Il fait appel au bon sens d'un de Funès parti dans ses délires. Quelquefois même de Funès dépasse les limites et Blier est là pour le recadrer : « Moi, je n'ai rien compris ? Insulte à un représentant de l'autorité dans l'exercice de ses fonctions. »

Tout comme dans *Jo*, l'échange verbal entre de Funès et Blier ne manque pas de croustillant :

– On se tutoie avec l'inspecteur Ducros. (de Funès)

– Salut Antoine, comment vas-tu ? (Blier arrivant derrière lui)

– Je ne vous attendais pas. (de Funès)

– Ben, on ne se tutoie plus ? (Blier)

– Comment vas-voi ? Comment vas-toi ? Oh, comment vas-tu ? (de Funès)

– À la bonne heure... (Blier donnant une grande tape dans le dos à de Funès.)

Dans *Le Grand Restaurant*, là où de Funès est faux jeton, Blier joue du bâton et de la carotte pour tour à tour l'amadouer, le rassurer en lui disant que tout va très bien et le terroriser en le plaçant devant ses responsabilités, c'est-à-dire une intégrité totale aux yeux de la loi. Le personnage de Blier croit en la hiérarchie. Se confondant en civilités devant le ministre dans *Le Grand Restaurant*, il dit à Septime : « Il ne vous reste qu'à faire votre devoir. Et nous à faire le nôtre. » À l'instar de De Funès, il n'est pas contre les abus de pouvoir, dans la mesure où il le détient ! Son plaisir, il le tire du sadisme. Dans le même film, il s'amuse avec le ministre à faire tourner Septime autour d'un kiosque à journaux afin de tester sa docilité. Blier veut aussi contrôler le monde, mais de l'intérieur, sans faire de vagues. La police, c'est l'organisme secret, qui débarque à l'improviste, qui développe des méthodes qu'on n'ébruite pas. D'ailleurs il résume lui-même son rôle : « Il n'y a que dans l'ombre qu'on y voit clair » et : « Le meilleur moyen de suivre les gens c'est de les précéder. » Il rejoint de Funès dans cette obéissance à la patrie. À la fin du *Grand Restaurant*, de Funès se sert du respect des traditions pour que Blier ne lui demande plus rien. C'est le seul moyen de stopper le bulldozer Blier...

Même si Bourvil est irremplaçable, de par son comique et sa seule présence dans un film, Louis de Funès s'est surpris dans les dernières années de sa vie à rencontrer sur les tournages de ses films ceux qu'il aime à appeler des nouveaux « Bourvil ». Des acteurs ou des actrices qui lui rappellent cette fabuleuse complicité qu'il avait avec son ami Bourvil.

Tout d'abord, en 1976, Louis de Funès est le plus heureux des hommes. Il vient d'apprendre, après de longs mois de convalescence, qu'il peut reprendre le chemin des studios, avec régime et sieste obligatoires, certes, mais il peut rejouer. Lui à qui on avait dit, après son infarctus, qu'il ne pourrait jamais refaire l'acteur ! Le fait de se retrouver sur les lieux de tournage le revigore et lui donne de nouveau goût à la vie. Sa femme, Jeanne, pour son bien-être, le soutient et le protège de tout son amour. Le téléphone sonne moins qu'avant, les gens du métier ont la mémoire courte. Un acteur malade est plus dangereux qu'un mauvais comédien s'évertuent à penser certains producteurs. Pourtant, Christian Fechner, Claude Berri et Claude Zidi veulent absolument faire un film avec lui. Après de nombreuses discussions avec ses médecins, ceux-ci l'autorisent à jouer le rôle de Charles Duchemin dans *L'Aile ou la cuisse*. De Funès, prudent, prévient toute l'équipe qu'il arrête au moindre pincement à la poitrine. Heureusement pour tout le monde, cela n'arrivera pas !

Coluche : la relève du clown

Le fils de Louis de Funès dans le film n'est autre qu'un certain Coluche, Pierre Richard étant indisponible à ce moment-là. L'ambiance entre notre monstre sacré du cinéma et le nouveau prodige est parfaite. Un immense respect entre les deux hommes naît. C'est Louis de Funès qui a l'idée d'imposer à ses côtés ce comique issu du Café de la Gare. Pour Louis, Coluche est un garçon intelligent qui sait parler au peuple et qui a de l'avenir. Coluche adore Louis de Funès. Entre eux, la mort devient un vrai sujet de plaisanterie. Louis simule pour le plus grand plaisir de l'équipe un infarctus improvisé toutes les semaines. Coluche, quand il arrive en retard, a une phrase toute prête : « Louis, je ne pensais pas arriver en retard, je n'ai pas vu votre ambulance en bas de la maison. » Coluche se risque même à aller réveiller Louis pendant sa sieste, déguisé en ange, en lui murmurant :

« Loulou, vous êtes au ciel, vous êtes mort... » Bref, les deux hommes s'apprécient énormément et Coluche a l'avantage de faire rire de Funès, comme le faisait Bourvil. Il sait qu'il est à bonne école avec Louis et il écoute tous les bons conseils de son modèle, à savoir, jouer avec son cœur et donner tout ce qu'il y a à l'intérieur.

Malgré sa célébrité, de Funès est très agréable dans le travail et il aime se moquer de lui-même. Coluche profite même du tournage pour organiser un ou deux repas mémorables chez lui avec ses potes du café-théâtre et Louis. Ce dernier, heureux de se donner en spectacle, exulte devant un parterre de jeunes apprentis comédiens.

Parce que Louis de Funès a un grand cœur, il convainc la production de mettre Coluche en caractères de même grandeur et à ses côtés en haut de l'affiche. Preuve de son estime pour le comédien qui débute et preuve qu'il croit en lui. Louis de Funès accepte à présent des propositions plus proches de ses attentes, avec plus de nuances dans son jeu ; il refuse tout rôle où il doit s'exciter, s'énerver, vilipender, persifler. Dans *L'Aile ou la cuisse*, il joue un rôle similaire au sien dans la vie. Contraint au repos dû à une forte indigestion d'aliments avariés, il n'arrive même plus à se mettre en colère face à son fils, interprété par Coluche. Sieste et diète seront de rigueur pour le tout-puissant du guide Duchemin.

L'Aile ou la cuisse rencontre un vrai succès dans les salles. Le duo fonctionne à merveille et les spectateurs sont heureux de retrouver leur Fufu national. Presque six millions d'entrées confirment que de Funès est toujours la valeur sûre du cinéma français.

Dans *La Traversée de Paris*, avec Bourvil et Gabin.

La Grande Vadrouille.

Avec son épouse Jeanne.
Louis de Funès,
un passionné de piano...

Au temps des Branquignols...

Dans *Le Gendarme et les extraterrestres.*

L'homme aux mille expressions

Dans *Oscar*, film de 1968.

L'Homme-orchestre.
Tout dans le regard...

Ma cassette, ma cassette...
dans *L'Avare.*

La chute dans la cuve de chewing-gum, *Rabbi Jacob*.

Le Petit Baigneur.

L'Aile ou la cuisse.

L'Avare.

Duos de choc

Avec Jean Carmet, dans *La Soupe aux choux.*

Avec Paul Préboist, dans *Le Grand Restaurant.*

Avec Bernard Blier, dans *Le Grand Restaurant.*

Fantômas se déchaîne, avec Jacques Dynam.

Avec Yves Montand, dans *La Folie des grandeurs.*

Hors tournage, avec Coluche, juste pour rire...

Le célèbre éclat de rire du *Corniaud*, avec Bourvil.

Avec Bourvil, dans *La Grande Vadrouille*.

chement et d'estime, de l'homme admirable qui jouait avec son cœur : « Il a non seulement fait rire son équipe, mais aussi les équipes de tournage des autres acteurs, il a fait rire les salles de cinéma qui étaient pleines, il a fait rire la France entière. » Annie Girardot garde un souvenir très ému de sa rencontre avec Fufu. Elle le décrit comme quelqu'un qui était d'une drôlerie et d'une gentillesse incroyables ; un acteur doté d'une invention et d'une tendresse qui étonnaient à chaque fois. Pour Annie, de Funès, c'est quelqu'un de monumental, c'est une folie, un feu d'artifice, il est partout et il envahit tout. Dans *La Zizanie*, de Funès et Annie Girardot sont d'une telle vérité et d'une telle logique que tout concourt à faire un succès de plus. Pourtant, le public répond moins à cet appel. *La Zizanie* sera néanmoins classé premier film français à sa sortie, en novembre 1978.

Jean Carmet : le Bombé du Glaude

Un acteur qui a beaucoup compté dans la carrière de Louis, c'est aussi Jean Carmet. C'est surtout un comédien dont les débuts peuvent être comparés à ceux de notre comique national. Jean Carmet, né en 1921, a rencontré Louis dès la première partie de sa carrière, avant même qu'il ne soit acteur. À l'époque, de Funès n'est encore qu'un pianiste de bar. Carmet fait de nombreux petits boulots et, intéressé par le théâtre et le cinéma, vogue de figuration en figuration. « J'ai retrouvé Louis au théâtre où il interprétait des pièces dans lesquelles il n'avait qu'une scène ou même qu'un mot, mais il détachait tellement bien ce mot, que trois syllabes avec lui, ça devenait trois pages », dira son pote Carmet.

Maillan, Carmet, Serrault, de Funès et bien d'autres comédiens de leur génération assurent des journées de dix-huit heures : cabaret, théâtre, radio et tournage sont au programme dans leur quotidien. Carmet partage avec Louis des tout petits rôles : *Knock* en 1950, *Ils étaient cinq* en 1951, *Monsieur Leguignon lampiste* en 1951, *Elle et moi* en 1952, *Bonjour sourire* en 1955, *Bébés à gogo* en 1956. Quand ils se retrouvent dans ce dernier film, cela fait plus de quinze ans que les deux comédiens en herbe rament pour se faire un nom dans ce métier qui commence à leur paraître injuste. De Funès et Carmet rêvent encore d'une grande carrière, mais le doute s'installe. Pourtant 1956 va être le premier tremplin de Louis : en effet, quelques semaines après *Bébés à gogo*, Autant-Lara va lui proposer le rôle de Jambier.

Jean Carmet fait partie de la troupe des Branquignols de Robert Dhéry à laquelle va adhérer de Funès. Il partage même l'affiche de *La Belle Américaine* en 1961 menée par les mains de maître de leur copain Dhéry. En 1962, ils rejoignent « Dieu », alias Fernandel dans *Le Diable et les dix commandements*. L'un (de Funès) interprétant Antoine Vaillant, voleur de banque, l'autre (Carmet) un clochard. Leurs véritables retrouvailles cinématographiques se feront près de vingt ans plus tard dans *La Soupe aux choux* de Jean Girault en 1981. Le Glaude et le Bombé, deux bons vieux paysans bourbonnais, profitent bien tranquillement de leur retraite, entre un ch'ti canon et une bonne vieille soupe aux choux. Nos deux braves ivrognes n'ont cependant qu'une seule peur : qu'on les oblige à s'exiler à l'hospice. Heureusement, leurs flatulences d'un soir interpellent la Denrée dans sa soucoupe qui décide de leur faire une petite visite et par la même, de leur venir en aide (« Eh ben si on peut plus péter sous les étoiles sans faire tomber un Martien, il va nous en arriver des pleines brouettes »). Un jour, la vie de Glaude est bouleversée : croyant lui faire plaisir, la Denrée lui ressuscite sa femme, la Francine, à qui il redonne ses vingt ans. Plusieurs scènes dans ce film dévoilent un de Funès émouvant et révèlent de rares moments de tendresse (« Elle est morte la ch'tite enfant du bon Dieu, y a dix ans, elle en avait à peine soixante » ; « J'ai aimé que toi la Francine, il faut que tu sois heureuse tout plein ; je te souhaite tous les bonheurs, ma Francine »). On voit même de Funès pleurer dans une scène.

Cette adaptation au cinéma du roman de René Fallet a fait couler de l'encre. Alors que beaucoup de critiques s'évertuent à comparer *La Soupe aux choux* à un « navet navrant », mal réalisé et mal interprété, d'autres plus optimistes y voient une farce merveilleuse, voire même un vrai conte philosophique. Et en plus, on découvre un de Funès différent : pas de costard-cravate, pas de secrétaire, pas de sous-fifre, pas de P-DG de ceci ou de cela. Louis de Funès est un homme simple, paysan à la retraite, sans le sou et accompagné d'un Jean Carmet étourdissant de vérité. Louis de Funès et Jean Carmet sont dans une forme étonnante et s'en donnent à cœur joie. On sent véritablement qu'ils s'amusent dans ce film et qu'ils sont liés d'une réelle amitié. « Chez de Funès, disait Carmet, il y a le phénomène œil bleu qui fait que la scène prend une autre dimension. De Funès, pour moi, c'est l'un des plus grands comiques du monde. »

Carmet et de Funès partagent également une autre passion que le cinéma : le vin. Un jour, pour faire la surprise à son copain Carmet, Louis lui fait parvenir une caisse des meilleurs crus classés de Bourgueil (village natal de Carmet dans le Beaujolais). Ce dernier, quelques semaines après la disparition de Louis, ouvre la caisse et découvre un petit mot de Louis : « Si tu savais le prix que ça m'a coûté ! »

Claude Gensac : « Josepha, ma biche ! »

Comment ne pas finir cette superbe brochette d'acteurs et d'actrices, sans faire un clin d'œil à celle qui fut la femme attitrée de Louis de Funès dans de nombreux films, Claude Gensac ! *Les Grandes Vacances, Oscar, Le gendarme se marie, Hibernatus, Le Gendarme en balade, Jo, Le Gendarme et les gendarmettes* sont autant de films où Claude Gensac est l'épouse du grand Louis ; *L'Aile ou la cuisse* et *L'Avare*, les films où elle épouse... un autre rôle. Neuf seconds rôles importants qui certes, ne sont pas des têtes d'affiche, mais qui témoignent de cette entente professionnelle quasi obligée dont avait besoin Louis de Funès. Un de Funès si pudique, qu'il n'ose avouer à sa partenaire fétiche qu'il aime l'avoir à ses côtés. Il ne veut montrer aucune tendresse. « Pour me prouver qu'il m'aimait bien et en témoignages d'amitié, précise Claude Gensac, il me tapait dessus en me disant ("Ça va toi !"), je repartais avec plein de bleus. » C'était ça de Funès. Ils sont si complices qu'ils n'hésitent pas mutuellement à se faire des remarques. Car, Claude Gensac, c'est aussi « ma biche », myope comme une taupe. Alors de Funès pendant les prises lui dit avec le geste des doigts dans les yeux : « Oh, Claude, c'est là que ça se passe ! » Un geste qu'il aura idée de reprendre maintes fois dans ses films quand les gens ne l'écoutent pas. Tout comme sa partenaire fétiche qui est l'une des rares à oser le reprendre lorsqu'il ne sait pas son texte, notamment dans *L'Avare*, texte de Molière extrêmement difficile à retenir. Louis, énervé au départ, parce qu'il se rend compte qu'il ne maîtrise pas toutes les répliques, finit par regarder Claude d'un air amusé et relit son texte plusieurs fois.

Elle sait qu'elle lui doit énormément, parce qu'il lui a fait acquérir une notoriété inespérée. Même si Louis en a conscience, il sait aussi que c'est son intérêt de prendre Claude Gensac à ses côtés, car il retrouve tout comme avec Galabru, une générosité de jeu qui résonne avec son comique. Même si Galabru et Gensac ne voient guère Louis en dehors des tournages, ce sont les partenaires favoris de De Funès avec qui il aime se retrouver. C'est sa manière de leur dire qu'ils sont ses amis et qu'ils comptent beaucoup pour lui.

Et pourtant, qui savait qu'avant d'avoir des vues sur sa copine Claude, Louis était intéressé pour jouer aux côtés de Simone Valère, indisponible à l'époque ?

Toutes ses rencontres, Louis les doit à la fois au destin qui les a provoquées et à ses choix personnels, qui rassuraient l'acteur dans son quotidien. Girault,

Galabru, Oury, Girardot, Coluche, Gensac, mais aussi Blier, Carmet... font partie de la vie professionnelle de De Funès. Ceux sans qui il ne serait pas lui-même sur un lieu de tournage, ceux qui l'aiment, le tranquillisent et le perçoivent pleinement dans son jeu. Ceux aussi qu'il impose dans la distribution de certains films.

Hunebelle, Marais, Oury (encore), Bourvil, Montand, Gabin et bien d'autres, pour lesquels de Funès a une estime immense. Avec eux, grâce aux génies d'oppositions, de confrontations heureuses et parfois malheureuses, de Funès a vu naître des chefs-d'œuvre.

Les compositeurs : en avant la musique !

Des films avec Louis de Funès, on peut aisément aussi parler des musiques de films avec Louis de Funès. En effet, qui ne se souvient pas de celle de *Rabbi Jacob* quand il danse en rabbin, de la musique de *La Soupe aux choux*, de la marche des *Gendarme*, du fameux « Douliou doulio Saint-Tropez », pour ne citer qu'elles *?* On s'aperçoit que la musique d'un film de Louis de Funès est importante dans la mesure où elle le suit tout au long de l'histoire, comme si elle était aux aguets des prouesses de l'acteur, de ses improvisations et de ses gestes incontrôlés.

Vladimir Cosma : « Allez danse Rabbi, danse ! »

Vladimir Cosma est sans doute le plus populaire des compositeurs de musique de films. Il est un inconditionnel de Louis de Funès et n'hésite pas à dire qu'en Roumanie, son pays d'origine, dès qu'un film sortait avec lui, il courait le voir. À titre d'exemple, il a vu une dizaine de fois *La Belle Américaine* et *Ni vu ni connu*. Quand un jour, Oury lui demande de réfléchir sur la chorégraphie pré-établie par le groupe Kol Aviv pour *Les Aventures de Rabbi Jacob* (1973), Cosma se retrouve au piano, une après-midi aux studios de Billancourt, face à Oury et Louis de Funès, l'acteur qui l'a tant impressionné dans son enfance. L'enthousiasme est général et Louis à plusieurs reprises viendra chez Cosma pour répéter sa danse. « Professionnellement, il se comportait comme un éternel élève, avec beaucoup de modestie et d'acharnement. C'était un monsieur très sérieux, conscient de l'extrême rigueur que nécessite la comédie », dira Cosma. Puis de rajouter : « On ne le sent jamais faire l'acteur ; on a l'impression qu'il s'agit d'un caractère en bloc, tel quel dans la vie, et non d'un comédien. » Vladimir Cosma, connu et reconnu notamment pour *Le Grand Blond avec une chaussure noire, La Boum, La Chèvre, Le Dîner de cons* a orchestré pour Louis de Funès, en plus de *Rabbi Jacob, L'Aile ou la cuisse* (1976) et *La Zizanie* (1978).

Raymond Lefèvre : « Douliou douliou Saint-Tropez »

À la complicité entre Jean Girault et Louis de Funès, on est obligé d'associer Raymond Lefèvre musicalement, qui a largement contribué au triomphe des *Gendarme*.

La rencontre se fait en 1963 tout d'abord, pour le film *Faites sauter la banque*. Le succès mitigé du film ne laisse pas présager une plus belle réussite pour *Le Gendarme de Saint-Tropez.* Et pourtant... La chanson « Douliou douliou Saint-Tropez » est composée dans un esprit très yé-yé tout à fait typique de l'époque. La brigade qui défile à la fin de chaque film donne la couleur musicale du thème. « Je me revois, explique Raymond Lefèvre, installer une table dans mon jardin, l'herbe jusqu'aux genoux, pour écrire la fameuse marche des *Gendarme*, une musique gaie, reconnaissable et facile à retenir, une marche sifflée. » Qui aurait pensé qu'à l'époque notre Cruchot national enchaînerait cinq autres films ?

Girault demande à Lefèvre d'accompagner chaque gag et chaque grimace de Louis de Funès de musique. Même si ce n'est pas la tasse de thé du compositeur, il s'exécute : mambo, jerk, madison, twist, disco, musique d'ambiance, tout est réuni pour que la musique fasse partie intégrante du film et de son action.

Mais l'accointance entre de Funès, Girault et Lefèvre ne s'arrête pas là. Ce dernier signe également la musique des *Grandes Vacances* qui semble parfaitement convenir à Louis. « J'ai été très envié par certains de mes collègues, explique Raymond Lefèvre, car les compositeurs avaient compris que travailler sur un film de Girault avec Louis de Funès rapportait de l'argent, et était le succès assuré. » Certains se sont même évertués à lui piquer sa place mais jamais Girault et de Funès n'ont souhaité changer de crémerie. La fidélité quoi !

Les deux films qui ont le plus marqué Lefèvre sont *Jo* (1971) et *La Soupe aux choux* (1981). Le premier parce qu'il fallait composer un thème de suspense sur une rythmique jazzy (eh oui, Louis de Funès tue quelqu'un dans ce film !). Le deuxième parce que pour l'époque (les années 80), la musique était révolutionnaire, avec notamment des synthétiseurs pour évoquer le côté fantastique du film et accompagner le personnage de l'extraterrestre. « Dans *La Soupe aux choux*, raconte Lefèvre, en attendant qu'une scène soit prête à tourner, Louis et moi avons discuté pendant une heure de nos débuts et de notre passion pour le jazz. Au bout d'un moment, je voyais Girault et Fechner, le producteur du film, qui commençaient à s'impatienter, mais qui n'osaient pas le dire. Moi, je m'en foutais, j'étais heureux de discuter avec Louis. »

C'est donc à travers des thèmes nerveux et trépidants s'alignant sur le jeu de Louis de Funès, avec parfois un brin de romantisme mélancolique, que Raymond Lefèvre nous promena pendant près de vingt ans.

Clin d'œil aussi aux mains de maître de Michel Magne qui assura la musique des trois *Fantômas*, puis à François de Roubaix qui composa avec grand talent la comédie musicale de *L'Homme orchestre*. Serge Korber, réalisateur du film, se souvient : « Louis de Funès en écoutant la musique est entré dans le jeu avec jubilation... Quel contraste de cultures et de générations : faire danser de Funès, maître de ballet électrique, sur de la musique pop ! Louis était un surdoué de la danse et la musique de François de Roubaix le transcendait... »

Le parcours du comédien est tellement impressionnant, ses relations professionnelles sont si riches, les films se sont si rapidement enchaînés, qu'on se demande qui finalement est Louis de Funès ? Comment Louis de Funès récupère-t-il après ses tournages ? Où se réfugie-t-il ? Comment fait-il le vide entre chaque film ? Quelles sont ses passions ? Quelle différence y a-t-il entre la vie de l'acteur et sa vie privée ?

CHAPITRE 5

L'homme tranquille

Il existe une véritable antinomie entre la vie d'acteur de Louis de Funès et sa vie privée. L'un étant monté sur ressort, teigne à ses heures, boule de nerfs, égocentrique, irascible sous les feux de la rampe ; l'autre, plus discret, amoureux de la nature, du calme, aime jardiner, parler aux oiseaux, taquiner le poisson tranquillement sur sa barque, et vivre paisiblement loin des chemins des studios.

Et pourtant, il arrive que dans certains films de Funès joue un rôle plutôt proche de sa personnalité. Dans *Ni vu ni connu*, on découvre un Fufu qui aime attraper les poissons et qui participe même à un concours de pêche. *Ah ! Les Belles Bacchantes !* et *La Grande Vadrouille* dévoilent un Louis qui, tantôt pianiste, tantôt chef d'orchestre, fait appel à ses dons musicaux et à son oreille d'artiste pour lire les notes ou les comprendre. Dans *L'Homme orchestre*, il partage certaines scènes avec des bambins qui l'entourent et qu'il fait danser et nous révèle son côté grand-père avant l'heure et l'affection qu'il porte aux enfants. Enfin, *La Soupe aux choux* le plonge dans son élément de jardinier et de cultivateur où il prend plaisir à faire pousser ses légumes, un peu comme dans sa propre vie quand, au château de Clermont, il oblige sa femme et ses enfants à manger ses produits du terroir.

Sa vie de château

Louis de Funès à la maison, c'est avant tout la famille, la campagne, le jardinage, la pêche. Louis soigne ses plantes et ses arbres. Il lui arrive même d'être apiculteur à ses heures et de préparer des pots de miel pour son entourage.

Après avoir tourné *La Grande Vadrouille*, Louis de Funès, avec les cachets de ses derniers films, décide, en 1967, d'acheter pour sa famille le château de Clermont-sur-Loire, au village du Cellier, à une trentaine de kilomètres de Nantes. Revanche pour sa femme et pour lui qui, pendant des années, ont vécu dans des logements vétustes et peu dignes du talent de Louis. Ce domaine de Clermont, où le couple est allé si souvent en vacances, Louis tient absolument à l'offrir à son épouse, arrière-petite-nièce de Maupassant, parce qu'il appartenait à ses ancêtres. Et Clermont, qu'il a acheté 830 000 francs à l'époque, doit être – aux yeux de Louis – non seulement un havre de paix, mais aussi un lieu typiquement naturel. De Funès est en avance sur les technologies agricoles. En effet, il bannit tous les engrais chimiques pour ne faire confiance qu'aux produits biologiques, en particulier des algues marines pulvérisées. Louis, en véritable protecteur de l'environnement, cultive poiriers, pêchers, légumes et... roses dans les meilleures conditions. Il prend même des cours à Versailles où il apprend l'art de la taille. Entretenir son potager fait partie de ses priorités au château, mais rien n'égale la passion qu'il a pour ses roses. Une patience infinie, un amour absolu sont indispensables pour arriver à prendre soin de cette belle roseraie dont il est si fier. Louis passe des journées à cultiver les variétés les plus rares et à caresser chaque pétale comme s'il s'agissait des cheveux d'une femme. Il crée même une rose aux couleurs orangées qui porte son nom aujourd'hui.

Quand il est tranquille au château, Louis se rend sur les bords de la Loire où l'attend sa petite barque, aussi ordinaire que ses vêtements de pêcheur, et prend plaisir à s'éloigner des rives quand les badauds du coin ont compris qu'il voulait être seul. Ses copains pêcheurs savent bien qu'il est plus là pour se détendre que pour attraper du poisson. Il suffit de le voir gesticuler dans son canot pour deviner que les poissons se sont éloignés depuis bien longtemps du bateau. Ce n'est pas grave, Louis se rassérène à l'abri des voyeurs et respire le bon air de la campagne. Il se laisse voguer sur les flots, au gré du vent, tout en admirant au loin son « château perché ».

Quand il n'est pas à ses roses, à ses cultures ou à la pêche, Louis est dans sa cave, celle du château, où il cajole ses bonnes bouteilles. Il veille sur ses meilleurs crus, des chambertins, des pommards, des clos-de-vougeot, des corton-charlemagne, mais aussi de très grands bordeaux. Il vit en quelque sorte la passion qu'il exprime dans *L'Aile ou la cuisse*, lorsqu'il décrit ce fameux saint-julien-château Léoville-Las-Cases 1953 : « Belle robe vermeille, un peu violette, bel éclat, c'est un bordeaux, un grand bordeaux, un peu de pourriture noble en suspension, ses impuretés descendent lentement... le vin c'est la terre, celle-ci est légèrement graveleuse... le vin c'est aussi le soleil, ce vin a profité d'une belle exposition sud-ouest. » Ses bouteilles ne doivent être ni altérées, ni éventées, ni madérisées. Ce n'est pas que notre homme reçoive beaucoup dans son château, mais il serait trop affligé de faire partager à l'un de ses rares hôtes un nectar indigne de son étiquette. Et puis, rien que pour le plaisir des yeux, avant celui des papilles, voir des vins fabuleux vieillir dans sa cave, cela vaut le détour.

Le comique au repos

Un homme tourmenté et anxieux

Quand Louis de Funès arrive au village du Cellier, il est regardé un peu comme une « bête curieuse », à cause de sa grande popularité et de l'image qui lui est associée. Les habitants comprennent pourtant assez rapidement qu'il a choisi leur bourgade pour se reposer et être loin des « feux de la rampe ». Louis combat le stress et le trac toute l'année. Alors, quand il vient au domaine de Clermont, ce n'est sûrement pas pour reparler du métier, mais pour tout oublier et décompresser. Au village, Louis est un homme comme les autres. Un citoyen à part entière, concerné par les problèmes que rencontre la commune. Il se mêle à la foule tous les dimanches lorsqu'il va à la messe. Preuve en est, son admiration pour les hommes d'Église, l'un des rares amis de Louis, invité au château quand il le désire, est le prêtre de la paroisse, l'abbé Maurice. « Je garde le souvenir d'un grand ami, sa simplicité, sa gentillesse, il ne se faisait pas du tout valoir ; c'était un angoissé comme tous les grands artistes, mais je ne l'ai jamais entendu dire du mal d'autres artistes », confie l'abbé Maurice.

Louis de Funès parle souvent de son métier avec l'abbé Maurice et lui explique qu'il a conscience du grand nombre de gens angoissés et malheureux et qu'il veut que ses films soient une bouffée de bonheur et de rire pour toutes les familles. Il rend d'ailleurs beaucoup de services aux habitants du village et aussi à l'église, mais il ne faut surtout pas que cela se sache, tout comme les dons qu'il fait aux œuvres humanitaires. De Funès a une devise : « Quand on fait du bien, c'est pas la peine de le dire », le dicton d'un homme bon, qui n'a jamais oublié ses difficultés avant de devenir aisé.

Pour se détendre, par moments, Louis se met au piano pour le plus grand plaisir de Jeanne qui se rappelle certains morceaux que son mari lui jouait à ses débuts. Lorsqu'il ne jardine pas, il lit, regarde la télévision ou encore écoute la radio. Avec l'âge et les soucis, il devient insomniaque et se laisse bercer des nuits entières par la voix de Macha Béranger sur France Inter.

Très cultivé, Louis aime parler des grands musiciens classiques qui sont pour lui des références, tout comme ces grands mimes du début du siècle, Buster Keaton, Laurel et Hardy, Max Linder, Chaplin, qu'il idolâtre et que, tel le projectionniste de *Cinéma Para-*

diso, il offre en visionnage à ses hôtes. Dans sa demeure, Louis s'est aménagé une belle salle de cinéma avec grand écran, un peu à la manière de celle qu'il dévoile à Galabru dans *Le Gendarme en balade*.

Louis de Funès est un homme très effacé dans la vie courante, qui recherche le repos, le calme et qui, dans le bourg qu'il habite, est simple, sans manières affectées, saluant les gens sans ostentation. À l'inverse des personnages de ses films, il ne se donne jamais en spectacle et fait bien comprendre aux gens qu'il y a le de Funès acteur et le de Funès dans la vie. Pour les journalistes, il a le défaut d'être normal, trop normal pour montrer un de Funès si extravagant.

Comme beaucoup de grands comiques, hormis Bourvil peut-être, Louis n'est pas quelqu'un de désopilant au château. Sa profession l'invite à faire rire des millions de personnes, mais en privé, il a plutôt tendance à être réservé, « clown triste » à ses heures, quand anxiété et tourments l'envahissent, de peur que tout s'arrête. Le comédien au repos n'a rien du comique en action. Quel paradoxe ! Sous son masque d'amuseur professionnel, Louis à la maison rime avec timidité, fragilité et sensibilité. Il peut cependant s'extérioriser dans l'intimité et se laisser aller à des jeux comiques que l'on reconnaîtra : il excelle dans le pastiche et la caricature lorsque la situation le lui permet. Par exemple, il lui arrive d'imiter au restaurant le directeur de l'établissement, le maître d'hôtel, mais aussi un plat de spaghettis qui passe. Il devient par ailleurs maladroit lors d'une interview et se sent mis à nu lorsqu'il sort de son contexte familial.

C'est pourquoi Louis maintient toujours une distance avec tout le monde. Sur les plateaux de cinéma, il n'aime pas qu'on le dérange. Il travaille tout le temps. S'il ne travaille pas une scène, il l'imagine. Ses préoccupations et ses inquiétudes, il les rapporte chez lui le week-end et, même s'il adore sa femme, ses enfants, son château, ses roses, il n'est pas libre dans sa tête car il veut toujours faire mieux. Louis a comme peur de son ombre ; il a peur que de Funès ne s'estompe. Il craint de perdre ce qu'il a mis tant d'années à conquérir. Il est effrayé à l'idée de penser qu'il ne va plus plaire à son public et que sa popularité petit à petit pourrait s'amenuiser. Ce qui est contradictoire, c'est que de Funès ne goûtera jamais au plaisir d'être célèbre, n'aimant pas signer les autographes et fuyant par pudeur tous ceux qu'il ne connaît pas et qui s'approchent de lui. Distant, peu sociable, Louis de Funès cache ses sentiments et se retranche dans sa vie privée tel un papillon dans sa chrysalide. Il s'éclipse donc dans son château, rejetant toutes les mondanités et les cocktails parisiens où l'on rencontre souvent paillettes et hypocrisie autour de coupes de champagne.

Souvent, on lui fait signer des contrats pour l'année suivante, sur une idée de base qui l'amuse, et à l'échéance, le scénario n'est pas plus avancé. Louis doit donc s'investir trois fois plus pour compenser les faiblesses du synopsis. Après cela, producteur, réalisateur, acteurs, techniciens s'étonnent de voir un de Funès anxieux, énervé et mécontent pendant le tournage... Toutefois, il lui arrive d'être dans cet état, même quand les dispositions sont les meilleures pour faire son métier. C'est l'antinomie du personnage !

Par ailleurs, Louis de Funès, comme tout artiste au train de vie désormais confortable, a besoin de cumuler les cachets pour entretenir son château. Mais il oublie aussi que si l'on gagne sa vie à travailler, on peut aussi la perdre à trop en faire... Il aime à raconter que sa mère hurlait, pestait contre tout, mais en ce qui le concerne, qu'en est-il ? Il râle, ronchonne, bougonne.

Plus il prend de l'âge, et donc de l'expérience, plus ses angoisses professionnelles s'extériorisent. Il faut dire qu'il n'a pas attendu d'être célèbre pour avoir ce caractère d'inquiet et d'insatisfait ; comme on l'a déjà souligné, ce n'est pas le vedettariat qui lui est monté à la tête, subitement. Louis est un angoissé de nature, parce qu'il a conscience de ses responsabilités d'acteur, il veut que tout soit parfait, il ne veut jamais décevoir un public qui lui est si fidèle. Être médiocre, c'est mourir cinématographiquement. Même à l'abri des regards, même avec Jeanne, qui passe son temps à le rassurer, malgré toutes les conditions requises pour le repos, Louis de Funès tape du pied, s'impatiente et s'épuise à penser à son prochain film. Il a beau partager des week-ends avec sa femme, ses enfants, Patrick, devenu radiologue, et Olivier, commandant de bord, personne ne lui apporte une totale sérénité.

Lorsqu'on est devenu une vedette comme Louis de Funès, on ne peut plus se permettre de déchoir. Alors il faut être meilleur et encore meilleur pour rester au sommet, et ça, de Funès s'y emploie depuis bien trop longtemps.

Dans ses confessions à l'abbé Maurice, il va même jusqu'à dire qu'il espère que saint Pierre se souviendra de ses pitreries et qu'il le laissera entrer au paradis.

Louis de Funès nous a quittés le 27 janvier 1983, du côté de Nantes, son cœur, trop fatigué, n'y tenant plus. Pour certains, il est parti pour toujours, pour d'autres, il est encore là et n'a pas fini de nous faire rire.

« Je me souviens d'un témoignage lors de son enterrement, rapporte l'abbé Maurice, d'une femme et de son petit garçon, paraissant tout chétif, qui m'avaient dit : "Vous savez, monsieur le curé, monsieur de Funès, il nous a donné de la joie et il nous a aidés par moments à oublier la tristesse de notre vie." »

C'était le seul objectif du comédien Louis de Funès, rire et faire rire des familles entières. On l'imagine là-haut s'amuser avec Bourvil et Fernandel, mais on le regrette amèrement. Même si certains acteurs de la nouvelle génération s'évertuent à nous faire rire, aucun n'a remplacé ce grand bonhomme, inimitable et indémodable.

[illegible]

[illegible] plus. Pour [illegible] d'autres, [illegible] nous faire [illegible]

[illegible]

[illegible]

CHAPITRE 6

Une succession difficile

« Depuis que de Funès est mort, on me dit, c'est toi son successeur, et pourquoi pas Pierre Richard, Jacques Villeret ou Michel Blanc ? Tu parles... Y a pas de dauphin, on n'est pas au Kremlin ici. C'est pas parce qu'il y a une case vide qu'on monte tous d'un cran. »

COLUCHE.

Le rêve du producteur

Tout d'abord, il faut du physique...

Quel physique, me demanderez-vous ? Ah non, on ne parle pas ici du physique de l'emploi ! Et encore, quel emploi ? De jeune premier, de vieux dernier ? Non. L'idéal serait quelque chose entre les deux. Mais nous ne parlons pas d'un physique, nous parlons du physique. De la forme, de la santé, du peps, de l'énergie. Car il en faut... Il nous faudrait un gars du genre increvable. Quelqu'un à qui on pourrait demander tout de go de fléchir les genoux, puis de se redresser illico, pivoter le torse tout en levant les bras, les baisser, entamer dans la foulée un charleston agressif avant de gratter le sol d'un pied vengeur et enfin stopper tout net en vous scrutant d'un regard inquisiteur. Le tout ponctué par les hurlements d'un charabia certes inintelligible, mais en tout cas très, très impératif et d'une durée totale de cinq secondes et trente centièmes chrono.

Ah, cela demande du souffle, me direz-vous ! Et puis aussi d'être un sacré costaud ? Pourquoi pas... Mais ce serait justement encore plus rigolo de prendre un petit bonhomme chétif pour exécuter cette gymnastique. Un type qui ne paie pas de mine et qui ait le sens du rythme. Évidemment qu'il en faut du rythme ! Car comment enchaîner chaque moment de cette gestuelle insensée sans donner l'impression d'une gesticulation stérile, d'une pantomime inutile ?

Un bonhomme comme ça ne court pas les rues. Vous avez bien raison. Je demande la lune, l'impossible, que sais-je encore ! Mais je vous fiche mon billet que si nous le trouvons, cet énergumène, notre fortune sera faite ! Je ne saurais vous le décrire davantage mais tenez, pour vous aider, je dirais que ce serait un type du genre... Ah, comment dire ? un zigoto ! marrant, mais... pas comme ça, mais plutôt... je ne sais pas, moi...

Voilà, j'ai trouvé ! Un type genre de Funès, tout simplement !

Quel joli rêve de producteur. Un comique parfait avec lequel, bien évidemment, on pourrait monter une affaire sans trop de risques ! Bien malin serait celui qui, aujourd'hui, trouverait un successeur tout désigné à cet être hors norme qu'était Louis de Funès.

Un modèle malgré tout inimitable

Pierre Mondy, qui l'avait remplacé au théâtre pour la première série de représentations d'*Oscar*, est à ce sujet définitif : « Le moule est cassé, il n'y aura personne pour lui succéder. » Puis, tout en évoquant les divers acteurs de café-théâtre avec qui il a travaillé sur les planches en tant que metteur en scène, il précise, avec un brin de nostalgie : « Mais comment voulez-vous trouver un successeur à Raimu, Jouvet ou même Jean Poiret ? Non, non, c'est impossible... Je ne vois pas d'héritiers à Louis, et ça m'étonnerait qu'il y en ait. »

Lorsqu'on lui pose la même question, Michel Galabru est à peine moins catégorique, mais en cherchant bien, il songe quand même à quelqu'un, tout en apportant une petite nuance : « Un successeur, sûrement pas, mais pour quelque chose comme un héritage, je penserais à Michel Leeb... » Cependant, il déplore : « Hélas, trois fois hélas ! Il n'a pas eu de film où il puisse déployer tout son talent... Tandis qu'au music-hall !... »

Le comique de Louis de Funès s'est construit non seulement sur l'héritage qu'il a reçu de sa mère, qui piquait des colères effroyables pour un rien, mais aussi grâce à des modèles dont il s'est inspiré tout au long de sa carrière et qui relèvent essentiellement des mimes du siècle dernier.

Inutile de préciser que le grand rêve de Louis de Funès est de tourner un film muet, où tout repose sur ses mimiques, son regard et sa gestuelle. Il y est en partie arrivé, quand on voit que ses meilleures scènes résultent souvent de tous ces ingrédients, plutôt que de la parole et des textes.

On peut penser ce que l'on veut de Louis de Funès, il est le seul à avoir atteint une telle célébrité en cognant avec toute la verve qu'on lui connaît sur ceux qui sont inférieurs hiérarchiquement à lui et en étant le plus mielleux du monde avec ceux qui représentent le pouvoir. Quand on voit Fufu rouer de coups un pauvre type qui a le malheur de l'énerver ou de passer devant lui au mauvais moment, il nous fait rire et son jeu comique prend toute sa force.

Dans les années 50, Louis de Funès naît au soleil d'une nouvelle famille de comédiens dont font partie Jacqueline Maillan, Michel Serrault, Jean Carmet, Jean-Marc Thibault, Micheline Dax, Marthe Mercadier et bien d'autres. De la même manière, dans les années 70, Gérard Depardieu, Miou-Miou, Patrick Dewaere, Coluche, Romain Bouteille ont débarqué au Café de la Gare, tout comme quelques années plus tard, Josiane Balasko, Gérard Jugnot, Michel Blanc, Christian Clavier et Thierry Lhermitte ont envahi Le Splendid.

Aujourd'hui, ce sont les jeunes acteurs issus du

Théâtre de Dix-Heures, des Blancs-Manteaux, du Café d'Edgar, du Dejazet, du Point-Virgule... qui reprennent le flambeau.

Beaucoup de comédiens s'inspirent de Louis de Funès et ils ont raison. Tant d'imagination, de malice et d'humour émanent de ce petit homme...

Dans *La Soif de l'or* de Gérard Oury, Clavier n'est-il pas un peu *L'Avare* des temps modernes, comme l'a été de Funès quelques années auparavant, en interprétant Harpagon ?

Dominique Pinon, l'acteur fétiche de Jean-Pierre Jeunet, malgré sa petite taille, son comique grimacier et sa silhouette un peu malingre, n'est pas non plus un nouveau Louis de Funès. Certes, il appartient à cette catégorie d'acteurs qui sortent tout droit d'une bande dessinée ; dans *La Cité des enfants perdus* de Jeunet, Pinon incarne des clones, huit personnages identiques, ce qui lui permet de déployer toute sa palette de comédien et d'utiliser la mobilité étonnante de son visage et, dans ce cas précis, oui, il nous rappelle le comique de Louis de Funès. Ce n'est d'ailleurs pas pour rien que l'auteur Valère Novarina confia à Pinon l'interprétation de la pièce *Pour Louis de Funès*, décelant lui aussi une similitude entre les personnages de Pinon et ceux de Louis.

Jugnot, dans *Les Bronzés*, se fait masser par un herculéen et nous rappelle de Funès dans *Oscar* frictionné par Mario David.

Quand Muriel Robin, avec succès, interprète le sketch du *Noir*, on peut bien sûr penser directement à de Funès dans *Rabbi Jacob*, « Vous avez vu la mariée, elle est noire, noire... ».

Valérie Lemercier, Alex Métayer, Michel Leeb, Patrick Timsit font également partie des comiques qui nous rappellent de Funès, par leurs mimiques, leurs intonations, leurs gesticulations et leurs singeries. Mais il n'y a pas d'héritiers de Louis de Funès, tout comme il n'y a pas de nouveaux Bourvil ou de nouveaux Fernandel, pour ne citer qu'eux.

Pour saluer de Funès comme il se doit, on lui dédie un film dans lequel il devait jouer : *Papy fait de la résistance.*

Même un acteur comme Sylvester Stallone va faire un remake d'un des films de l'acteur, *Oscar*, rebaptisé *L'embrouille est dans le sac*, qui n'est guère brillant par rapport à l'original. Il faut bien le dire, il n'est pas facile de reproduire du « De Funès » ! Roland Giraud, lui, reprendra avec succès la pièce de Claude Magnier, *Oscar* ; le style est incomparable avec celui de De Funès. Il fallait tout de même le faire !

Si l'on s'amuse à rapprocher des acteurs internationaux de Louis, par leur physionomie, leurs pantomimes, leurs gestes, on pourrait évoquer pour les plus anciens, Peter Sellers *(La Panthère rose)*, Jerry Lewis *(Boeing Boeing* ; *Dr. Jerry et Mister Love)*, John Cleese *(The Monty Python)* et pour les plus récents, Roberto Benigni *(La vie est belle* ; *Pinocchio)*, Robin Williams *(Mrs. Doubtfire* ; *Jumanji)*, Rowan Atkinson *(Mr. Bean)*, Jim Carrey *(The Mask)*.

Une superbe brochette de comédiens qui ont connu le succès immense des films les plus marquants de

Louis de Funès, ou qui, tout simplement dans leur manière d'occuper la scène et l'écran, nous rappellent l'attitude de notre acteur français le plus populaire.

Il faudrait d'ailleurs imaginer l'un de nos acteurs français rejouer une scène ou carrément un film de Louis de Funès, pour nous rendre clairement compte que ce dernier est irremplaçable. Il serait fou d'envisager une suite aux *Gendarme* sans Louis de Funès qui en était la clé de voûte. Tout comme il serait insensé de reproduire *La Grande Vadrouille* sans le duo Bourvil-de Funès.

Vous pouvez aller à la recherche des héritiers de Louis de Funès, mais soyez sûrs que vous ne ramènerez rien ou alors que des pâles copies de l'acteur.

À l'inverse, on peut s'amuser à projeter Louis de Funès dans certains rôles qu'il aurait pu tenir au cinéma : *Les Visiteurs, Le Dîner de cons, Astérix et Obélix contre César, Le Dictateur, La Chèvre, Les Bidasses en folie, La Cage aux folles...* De Funès aurait-il été plutôt « Jacquouille » dans *Les Visiteurs* ? Villeret ou Lhermitte dans *Le Dîner de cons* ? Astérix ou César ? Serrault ou Tognazzi dans *La Cage aux folles* ? Autant de questions sans réponses car tous ces films ont été de grands succès commerciaux et n'ont pas eu besoin d'un de Funès pour prospérer.

Mais le saviez-vous ? il aura fallu attendre une quarantaine d'années et le film de Claude Zidi (*Astérix et Obélix contre César* en 1999) pour voir les héros de la bande dessinée au cinéma en chair et en os. Pourtant, il y avait bien eu quelques sollicitations très anciennes, du vivant de Goscinny, notamment de la part d'un certain Louis de Funès, qui souhaitait vivement interpréter le rôle d'Astérix, mais sans les moustaches. Malheureusement, le projet n'a pas abouti.

Louis de Funès n'est pas et ne sera jamais relayé dans son registre de jeu, qui était unique. Mais même si aucun acteur n'a réussi dans sa carrière à réunir environ 150 millions de spectateurs en salle (c'est énooooorme !), Louis n'est pas pour autant irremplaçable pour assurer la réussite d'un film ; d'autres à ce niveau lui ont déjà succédé.

Quoi qu'on en pense, quoi qu'on en dise : « Merci Monsieur de Funès ! »

CHAPITRE 7

Le petit de Funès illustré

Sa place dans l'industrie du cinéma français : quelques chiffres

Le cinéma est une industrie. Les films coûtent de plus en plus cher, les budgets grimpent à une vitesse affolante. Lorsqu'un film sort en salles, le réalisateur et le producteur attendent fébrilement heure par heure le nombre d'entrées qui détermine dès le premier jour, parfois même dès la première séance, le succès ou l'échec du film.

En France, ce sont Fernandel et Jean Marais qui dominent en matière de box-office dans les années 50, Louis de Funès dans les années 60 et 70, Belmondo dans les années 70 et 80, et Depardieu dans les années 90.

Deux éléments sont à prendre en compte lorsqu'on parle de box-office en France. Tout d'abord le nombre d'entrées, c'est-à-dire le nombre de spectateurs. Et afin de mieux vendre un film, les médias donnent tantôt les entrées à Paris, tantôt celles en France. On peut ainsi lire dans *Pariscope* : « Un million d'entrées ! », alors que ce chiffre correspond aux entrées en France. Le million d'entrées sur Paris constitue en effet une forme de chiffre emblématique de l'énorme succès d'un film. Mais le succès d'un film dépend aussi de son budget. On peut considérer qu'un film à petit budget tel que *Être et avoir* est un succès avec 150 000 entrées sur Paris.

Le premier grand succès cinématographique de De Funès, après une expérience concluante dans *Pouic-Pouic*, c'est bien sûr *Le Gendarme de Saint-Tropez*. Ce film lui permet à la fois de ne plus quitter le devant de la scène, et de donner plusieurs suites à ce film, qui toutes remporteront du succès, mais jamais autant que ce premier épisode. Seul le dernier film, *Le Gendarme et les gendarmettes*, accusera un net effondrement au box-office, que ce soit sur Paris ou sur la France. Il est vrai que c'est le moins bon des *Gendarme*, et que le *E.T.* de Spielberg n'a laissé guère de chances aux autres cette année-là. Même *La Soupe aux choux* l'année précédente n'avait remporté qu'un succès mitigé, soit la moitié moins que les entrées habituelles d'un film estampillé de Funès...

Les deux plus grands succès de Louis de Funès sont *La Grande Vadrouille* avec 17,27 millions de spectateurs, et *Le Corniaud* avec 11,74 millions de spectateurs. Ce sont respectivement les plus gros chiffres de l'année 1966 et 1965. Il faudra attendre le raz de marée américain *Titanic* en 1998 (20,58 millions), pour que *La Grande Vadrouille* perde sa suprématie de film ayant eu le plus grand succès en France depuis l'invention du cinématographe...

Trente-deux années de règne, plus fort que *Autant en emporte le vent* (16,72 millions), *Il était une fois dans l'Ouest* (14,86 millions), *Les Dix Commandements* (14,23 millions) et que *Les Visiteurs* (13,78 millions). Ce film au budget astronomique à l'époque (14 millions de francs) montre que les réalisateurs français souhaitent faire des films avec des gros budgets, des moyens énormes, à la manière d'un David Lean avec *Le Pont de la rivière Kwai*.

Et ça marche ! Le soir de la première à l'Ambassade de Paris, il faut une demi-heure au producteur Robert Dorfman, au réalisateur Gérard Oury, à Bourvil et à Louis de Funès pour rejoindre la sortie... Neuf semaines de suite, le film est en tête des entrées à Paris. La première semaine, le film fait 105 759 entrées. En deuxième semaine, 104 079 entrées. Le bouche à oreille fonctionne merveilleusement et en troisième semaine, un nouveau record s'établit avec 136 192 entrées. Du jamais vu.

Le film est sélectionné pour l'Oscar à Hollywood, preuve que Gérard Oury marche sur les pas des Américains. Le soir du 31 décembre 1966, *France-Soir* titre : « Louis de Funès dans 25 cinémas de Paris ». Tout le monde veut voir de Funès. Succès immense. C'est pourtant son 104e film, mais ça, seul Louis le sait...

Lorsque Gérard Oury fait *La Folie des grandeurs* avec de Funès et Montand qui remplace Bourvil, décédé, il fait le tiers de ses entrées : 5,56 millions. Même avec *Rabbi Jacob*, les entrées ne rassemblent que (!) 7,3 millions de personnes. Oury ne retrouvera jamais un succès aussi incroyable. *L'As des as* (5,45 millions) est son dernier véritable hit. Ni *Vanille*

Fraise, ni *Levy et Goliath*, ni *La Soif de l'or*, ni *La Vengeance du serpent à plumes* et encore moins *Le Schpountz* ne rencontreront vraiment les faveurs du public et pourtant ce n'est pas faute d'avoir cherché un successeur à Bourvil et de Funès. Mais Oury a vite compris que le moule était cassé. Il faut cependant rendre hommage à cet authentique grand réalisateur dont l'intelligence du découpage et de la mise en scène est à l'origine du succès des films avec de Funès. Il a montré que le comique naissait d'une grande rigueur dans l'enchaînement des plans, et que le film comique pouvait avoir ses lettres de noblesse cinématographiques. Avec Oury, ce n'est plus du théâtre filmé avec un comique devant la caméra, mais une véritable écriture cinématographique et burlesque. C'est un acteur et un réalisateur qui marchent main dans la main. Oury possède une grande qualité, l'ambition. Ses films n'ont rien à envier aux Américains. *La Grande Vadrouille* comptait 1 200 plans. *Les Aventures de Rabbi Jacob* en compteront 2 000 ! Avec lui, c'est toujours plus fort, plus grand, à tel point qu'après *Rabbi Jacob*, on se demande ce que le réalisateur peut demander de plus à Louis de Funès, tant ce film-là constitue un feu d'artifice, une explosion de l'acteur.

Gérard Oury n'a pas retrouvé le succès par la suite car personne ne disposait d'une cote d'amour aussi grande auprès des Français que Bourvil et de Funès. Il reste pour l'éternité au panthéon des authentiques cinéastes dont la rigueur n'égale que la modestie.

L'Aile ou la cuisse marque un vrai tournant dans la vie de Louis de Funès. Le succès de ce film annonce une renaissance de l'acteur. En 1976, *L'Aile ou la cuisse* arrive deuxième en France avec 5,84 millions, juste derrière *Les Dents de la mer* (toujours Spielberg !) avec 6,26 millions. Louis de Funès demeure le roi incontesté du box-office français : plus fort cette année-là que la bande d'Yves Robert *(Un éléphant ça trompe énormément)*, que Belmondo *(Le Corps de mon ennemi)* et Pierre Richard *(Le Jouet)*. Il est à noter que Francis Veber aura sa revanche un peu plus tard avec *La Chèvre*, *Les Compères*, *Le Dîner de cons*, *Le Placard*... en créant de nouveaux couples de cinéma qui trouvent l'adhésion des spectateurs : Pierre Richard et Gérard Depardieu, Thierry Lhermitte et Jacques Villeret.

Après *L'Aile ou la cuisse*, de Funès perd peu à peu son statut de numéro un. En 1977, les *Rencontres du troisième type* de Spielberg et *La Guerre des étoiles* font des ravages. Et *La Zizanie*, le nouveau film de Claude Zidi, est dépassé par d'autres films français sur Paris : *L'Animal*, autre film de Zidi avec Belmondo, *Mort d'un pourri*, avec Delon, le film d'Yves Robert *Nous irons tous au paradis*, le Molinaro *Tendre Poulet* et un nouveau genre de films qui va faire fureur en France, la comédie adolescente, tel *Diabolo menthe* de Diane Kurys.

L'année suivante, *Le Gendarme et les extraterrestres* est le plus grand succès sur le territoire français. Sur Paris, c'est *Grease*, la comédie musicale de Randal Kleiser avec John Travolta qui le dépasse d'une tête. Mais malgré ce triomphe, une page est tournée et c'est en s'accommodant de la mode « science-fiction » qu'il faut désormais envisager le cinéma. 1979 voit la tendance se confirmer. Le classicisme de Molière ne remporte qu'un demi-succès à Paris. En France, *L'Avare* n'apparaît pas dans les quinze plus grosses recettes de De Funès. Les Français apprécient des films intimistes *(Clair de femme)* ou les films pour jeunes *(Les Sous-Doués)*. Ce nouveau public français est partagé. Succès mitigé donc pour *La Soupe aux choux* en 1981 (15e au box-office de Paris) et fin d'un règne avec *Le Gendarme et les gendarmettes* (le pire score sur le territoire français pour un *Gendarme*) qui n'est que 18e sur Paris, dépassant à peine *Plus beau que moi tu meurs* avec Aldo Maccione...

Ainsi, de premier, sur Paris, avec *L'Aile ou la cuisse*, de Funès est passé 15e avec *La Zizanie*, puis de 2e avec *Le Gendarme et les extraterrestres* à 17e avec *L'Avare*.

Pour la jeunesse des années 80, de Funès n'est plus que l'ombre de lui-même. De même que le parlant a tué un peu le cinéma de Chaplin, celui de De Funès a été fortement ébranlé par les évolutions techniques du cinéma. Beaucoup de choses sont tournées en studio dans les années 60. Les adaptations de pièces de théâtre en témoignent : *Oscar* et *Jo* en sont deux exemples flagrants. On construit un décor et on tourne dedans : de Funès est à l'aise pour répéter, pour prendre ses marques, pour essayer des choses.

La nouvelle vague fait sortir les caméras légères dans la rue et tout le cinéma – en particulier le cinéma français – s'en trouve bouleversé. Le souci de réalisme ne sied pas toujours aux cocasseries et aux péripéties rocambolesques du film comique. De Funès se fatigue hors du studio, dans des tournages éprouvants en extérieur. Il tourne moins de films dans les années 70 parce que la fabrication d'un film gagne en complexité. Et lorsqu'il ne tourne qu'en studio, « à l'ancienne », le film ne fait pas le succès souhaité (*La Zizanie* ou *L'Avare*). Le plan de travail de *Rabbi Jacob* ou de *La Folie des grandeurs* est autrement compliqué, mais à quel prix...

Après son infarctus dans les années 70, de Funès ne peut plus tourner de film avec Oury car il sait ce que cela lui coûte en énergie...

Une longue histoire d'amour lie de Funès à son public. C'est pourquoi de Funès a continué sa carrière.

Mais l'engouement pour les effets spéciaux créés par les studios d'Hollywood attire le public vers des choses visuellement nouvelles. *Superman*, *La Guerre des étoiles*, *King Kong*, *Alien*, *Les Aventuriers de l'Arche perdue* ont placé la barre très haut. La reconversion n'est pas facile, et la soucoupe du *Gendarme et les extraterrestres* n'est pas celle des *Rencontres du troisième type*. Tout est donc affaire de moyens.

À sa mort, au début des années 80, le public ignore que Louis de Funès, ce grand-père à la figure sympathique et aux cheveux blancs, a rassemblé près de 100 millions de spectateurs dans les salles lors de sa carrière et cela avec treize films.

La Grande Vadrouille (n° 1 du box-office en 1966)
Le Corniaud (n° 1 en 1965)
Cinq épisodes du *Gendarme* (n° 1 en 1964, n° 2 en 1968, n° 4 en 1965, n° 1 en 1970, n° 1 en 1979)

Les Aventures de Rabbi Jacob (nº 1 en 1973)
Les Grandes Vacances (nº 1 en 1967)
Oscar (nº 2 en 1967, derrière un film avec de Funès)
L'Aile ou la cuisse (nº 2 en 1976)
La Folie des grandeurs (nº 4 en 1971)
Le Petit Baigneur (nº 4 en 1968).

Aucun autre acteur de l'Hexagone ne peut afficher un tel palmarès.

C'est le comédien le plus rentable de toute l'histoire du cinéma français... Quel producteur ou réalisateur pourrait dire le contraire ?

Les phrases cultes

– J'ai jamais eu de pépin en voiture, sauf le jour où je vous ai rencontré ! Vous vous rappelez ? (Bourvil)

– Tu parles si j'm'en rappelle ! Andouille ! (de Funès)

(Le Corniaud)

– Mais qu'est-ce que je vais devenir ? Je suis ministre, je ne sais rien faire !

(La Folie des grandeurs)

– Yes, my lord, yes my lord !... I beg your pardon, my lord ! In my opinionne, I am sure mais alors I am tout à fait sure que c'est un coup de Fantômas ! Oh my lord ? It is a grait honneur for me to be invaïteud in your château !... with my assistant I accept, yes my lord... At tomorrow, my lord !

(Fantômas contre Scotland Yard)

– C'est normal ! Les pauvres c'est fait pour être très pauvre, et les riches très riche !

(La Folie des grandeurs)

– Peignez pas là, y a rien à peigner !

(Hibernatus)

– Il est injuste, hein, Septime !

(Le Grand Restaurant)

– On ne dit pas « bien le bonjour »... (de Funès)
– Mais « la place m'est heureuse à vous y rencontrer ». (Montand)
– Alors ça, c'est très bien ! (de Funès)

(La Folie des grandeurs)

– Bosso Tajo en est le nom indien.

(Pouic-Pouic)

– Vous faites comme d'habitude : vous promettez tout et moi je ne donne rien !

(Les Aventures de Rabbi Jacob)

– Allô Tata, c'est Toitoine, comment va Tonton ?

(Jo)

– If I go to the turkish bath, I risque, mais alors I risque énormément. If you, you go out, the German qui sont là... vous allez parler ! Gr gr gr ! Et moi I risk encore plus, donc I risk on the deux tableaux... Bon, vous dites toujours yes ! Do you promess que si I bring ici the big moustache, you partez avec lui et définitivement !... I accept the big moustach, I accept tout, and you, you go là-dedans ! Don't move, I come back, je reviens !

(La Grande Vadrouille)

– Vous m'y reprendrez à me faire mettre en jupe ! (de Funès)

– En Écosse, la tenue c'est le kilt, c'est écrit dans le guide international du savoir-vivre. (Dynam)

– Non, monsieur, c'est le smoking ! (de Funès)

– C'est écrit noir sur blanc ! (Dynam)

– Justement le smoking c'est noir sur blanc ! (de Funès)

(Fantômas contre Scotland Yard)

– Mon programme en trois points : premièrement le plein emploi, deuxièmement le plein emploi, troisièmement le plein emploi.

(La Zizanie)

– Préférez-vous un demi-sec ? (Préboist)

– Non, je préférerais un demi-doux !... Je veux de l'eau peu pétillante ! Pas papapap ! mais pupupupupu ! (de Funès)

(Le Grand Restaurant)

– Allez-vous-en ou j'te tape !

(Hibernatus)

– Dans la police, monsieur le commissaire, il vaut mieux passer pour un fou que pour un imbécile. (Dynam)

– Eh ben vous, vous risquez pas la camisole ! (de Funès)

(Fantômas se déchaîne)

– Pour une fois c'est pas moi, j'étais là, je priais.

(La Folie des grandeurs)

– Ça ne vous dérange pas qu'il soit noaar ! Vous n'êtes pas raciste !... Moi non plus, quelle horreur !

(Le Tatoué)

– Monseigneur a l'air de bonne humeur ce matin ? (Montand)

– Non, je suis pas de bonne humeur ! Avec vos tagadagadatsoitsoin ! (de Funès)

(La Folie des grandeurs)

– Acceptez-vous de prendre pour épouse ces demoiselles ici présentes, et de voter pour moi ?

(La Zizanie)

– Qu'est-ce qu'on fait, patron, on rentre ?... Il commence à se faire tard ! (son cheval)

– Le cheval parle ! J'ai un cheval qui parle ! (de Funès)

– Alors, qu'est-ce qu'on fait, on rentre ? On rentre ? (cheval)

– Des hallucinations ! (de Funès)

– Alors, on rentre ! (cheval)

– Passez devant, je vous suis ! Il parle, il parle ! (de Funès)
(Fantômas contre Scotland Yard)

– Mes Japonais perdus dans mon brouillard !
(La Zizanie)

– Monseigneur a bien reçu ma lettre anonyme ?
(La Folie des grandeurs)

– Bonne fête Monsieur !
– Foutez-moi le camp, vous ! (de Funès)
(Jo)

– Vous chaussez du combien ?
– Ben, c'est du comme vous ! (de Funès)
(La Grande Vadrouille)

– Quel temps fait-il à Paris ? (Bourvil)
– ... Couvert, mais chaud ! (de Funès)
(Le Corniaud)

– T'es tombée bredine. On voit à travers comme si t'avais les deux nichons à l'air.
(La Soupe aux choux)

– Tu sais que c'est un très bon exercice de prononcer les noms dé fourrire ! (mère juive)
– Dé fourrire ! (de Funès)
– Lé manteau dé fourrire ! (mère juive)
– Ah ! Dé fourrire ! Lé visonne ! Lé chienchila ! Lé rat misqué ! (de Funès)

– La panthire... (mère juive)
– La peinture ? (de Funès)
– La panthire, l'animal ! (mère juive)
(Les Aventures de Rabbi Jacob)

– Je suis poursuivi, soudain je me retourne, et j'abats deux tueurs avec ma troisième main ! (de Funès)
– Avec votre troisième main ? (psychiatre)
– Ma main qu'est sur le ventre ! (de Funès)
– Évidemment, sa troisième main ! (psychiatre)
– Et c'est là que je me suis donné un coup sur la tête... grrrr ! Paf ! (de Funès)
– Un coup sur la tête, tiens, tiens ? (psychiatre)
(Fantômas se déchaîne)

– Ne vous excusez pas, ce sont les pauvres qui s'excusent. Quand on est riche, on est désagréable !
(La Folie des grandeurs)

– Les Français sont indiscrets. (manucure)
– Moins que votre soleil romain. (Bourvil)
– Allez hop, il l'a emballée... Alors moi il m'épate, il m'épate, il m'épate... eeh, il m'épate ! (de Funès)
(Le Corniaud)

– Avec du travail et beaucoup de leçons particulières, il deviendra rapidement un de nos meilleurs éléments. (de Funès)
– Je maintiens qu'il est nul !
(Les Grandes Vacances)

– Ça y est eine restaurant, Delicatessen, rie des Rosiers, niméro vuit !

(Les Aventures de Rabbi Jacob)

– Il est pas là, le patron ? (de Funès efféminé)
– Non monsieur.
– Oh ben, vous devez être content ! (de Funès)

(Le Grand Restaurant)

– Vous, vous êtes mon biquet, moi je suis mon père !... En ce moment Fandor fait la chèvre, il sert d'appât !... Quand Fantômas se manifestera il sautera sur le professeur La Chèvre ! Euh, sur le professeur Lefebvre, et nous lui tombons dessus !

(Fantômas se déchaîne)

– Shalom mon fils ! (de Funès)
– Shalom !
– Shalom pas vous, Shalom lui ! (de Funès)

(Les Aventures de Rabbi Jacob)

– Elle me hait, elle m'empêche toujours de faire mon lit, tu sais ce que c'est !

(Le Gendarme en balade)

– Vous savez qu'il m'a parlé ce cheval ! Ça c'est du poil de cheval ! Où il est le cheval ? (de Funès)
– On est en train de l'interroger. (Dynam)
– Il a avoué ? (de Funès)
– Hein ? Ah, oui, oui ! (Dynam)

(Fantômas contre Scotland Yard)

– Oh écoute mon p'tit coco.

– Je ne suis pas ton petit coco. D'ailleurs je ne suis le petit coco de personne. Est-ce que j'ai une tête de petit coco ? (de Funès)

(Le Tatoué)

– Laissez-moi laver la voiture ! (de Funès)

– Mais elle est propre ! (Gensac)

– Alors je la salirai ! (de Funès)

(Le Gendarme en balade)

– Monsieur Septime, y a plus de langoustes, qu'est-ce qu'il faut faire ?

– Ben, il faut éternuer ! (de Funès)

(Le Grand Restaurant)

– Alors, là, vous venez de faire une gaffe... mais une gaffe !

(Les Aventures de Rabbi Jacob)

– Y a pas d'hélice hélas. (Bourvil)

– C'est là qu'est l'os ! (de Funès)

(La Grande Vadrouille)

– Pourquoi suis-je le seul homme au monde dont la femme ait acheté un kiosque ?

(Jo)

– Monsieur Jambier, 45 rue Poliveau, pour moi, ce sera 1 000 F... Monsieur Jambier, 45 rue Poliveau, maintenant c'est 2 000 F... Je voulais dire 3 000. (Gabin)

– C'est sérieux ? (de Funès)

– Comment si c'est sérieux !... JAMBIER JAMBIER JAAAMBIER !

(La Traversée de Paris)

– Goûte-moi ça toi ! (de Funès)

– Pouah ! Mais c'est du pétrole (Coluche)

– Exact ! (de Funès)

(L'Aile ou la cuisse)

– Allons nous coucher, ma biche, cela va s'arranger, mmmumhh... (de Funès)

– Vous rêvez Hubert ! On vous a préparé la chambre d'ami.

(Hibernatus)

– Regarde ce pâté quel délice... mhhhmm ! Tu mangeras quand tu auras parlé ! (de Funès)

– Quarante-huit heures de diète n'ont jamais tué personne, en plus c'est excellent pour la santé ! (Marais)

(Fantômas)

– Ça fait des nuits et des nuits que je rêve de t'entendre avec tes bruits de dindon.

(La Soupe aux choux)

– Oh lé beau Streïmel, c'est du visonne, je lé mettrai lé dimanche ! (de Funès)

(Les Aventures de Rabbi Jacob)

– Un p'tit cachou, Monsieur Septime ?

– Non merci mon p'tit Roger ! (de Funès)

(Le Grand Restaurant)

– C'est pas parce que gros nounours a les trouillons que petit Ludovic va payer l'addition. (Cruchot parlant à Gerber)

(Le Gendarme et les gendarmettes)

– Ah c'est étonnant ! Hmmm ! C'est délicieux ! Delicious ! Mange mon fils ! Allez PAF ! (de Funès)

– ... Alors ça, c'est le dessert ?

– Non, ça c'est la viande avec la chantilly ! (Risch)

(Les Grandes Vacances)

– Ça alors c'était Farès, c'est effarant !

(Les Aventures de Rabbi Jacob)

– Tu mens, Tu mens ! (de Funès)

– Est-ce que vous m'accusez de mentir quand je disais la vérité ou de... (Marais)

– Oh tais-toi ! Tais-toi ! (de Funès)

– Écoute... Écoute... (Marais)

– Mais je ne te permets pas de me vouvoyer, je ne vous permets pas de... visiblement cet homme est épuisé et il ne peut pas suivre un raisonnement logique. (de Funès)

(Fantômas)

– Avouez que le père Ripeux vous a bien eu ! Sacré Ripeux !... Fils d'Auvergnat, petit-fils d'Auvergnat, crocodile moi-même ! Je refais mes additions toutes les nuits, infatigable au bénéfice, jamais d'indigestion. Serpent boa !... Mais Minotaure ça va être la grande régalade, je le sens ! J'ai un nez, un nez de panthère !

(Le Gentleman d'Epsom)

– Mon Dieu, Mon Dieu !

– Vous commencez à m'énerver vous avec vos « Mon Dieu, Mon Dieu » ! (de Funès)

(Le Grand Restaurant)

– Si on peut plus péter sous les étoiles sans faire tomber un Martien. Il va nous en arriver des pleines brouettes.

(La Soupe aux choux)

– On ne peux pas mentir au peuple !

– Mais si... Dans mon usine, je lui mens tout le temps, au peuple ! (de Funès)

(Les Aventures de Rabbi Jacob)

– Pourquoi vous lui avez donné à manger des champignons ? (de Funès)

– I don't know.

– Toujours I don't know, you look bizarre vous ! (de Funès)

(Les Grandes Vacances)

– Vous m'avez entraîné jusqu'ici, c'est pour retrouver la fille du guignol, la petite fille du guignol, du guignol !

(La Grande Vadrouille)

– C'est mon chauffire, y m'a reconnu ! Qu'est-ce que j'vais fire ?

(Les Aventures de Rabbi Jacob)

– Mais qui j'ai bien pu foutre sous le kiosque ?

(Jo)

– Mon pendu ! On a dépendu mon pendu !
(Fantômas contre Scotland Yard)

– Votre mère n'est pas votre mère, mais c'est ma femme, PAF ! Elle s'appelle pas Clémentine, elle s'appelle Edmée, PAF ! Elle s'appelle Edmée ! Edmée ! Edmée !
(Hibernatus)

– Il y a une femme là-dessous ! (Dominique Davray, sa femme)
– Mais non. (de Funès)
– Alors qu'est-ce que c'est ? (sa femme)
– C'est un homme. (de Funès)
– Oh ! (sa femme)
(Le Tatoué)

– Je vous préviens mon père, que si vous voulez pas que je ferme votre monastère... parfaitement, j'en ai le droit. (Blier)
– Mon Dieu, Mon Dieu ! (de Funès)
(Le Grand Restaurant)

– Vous n'avez pas vingt-cinq ans, vous avez quatre-vingt-dix ans ! NONANTE !
(Hibernatus)

– Elle et moi nada jamais rien ! Majesté, Das ist ein collossal conspiratzion !
(La Folie des grandeurs)

– Demande-lui de té réengager, il té dira woui !

demande-lui de té augmenter, il té dira woui ! (de Funès avec accent)

– De me doubler ? (Guybet)

– Il té dira woui ! (de Funès avec accent)

– De me tripler ? (Guybet)

– Il te dira non ! (de Funès sans accent)

(Les Aventures de Rabbi Jacob)

– Ce sera lui mon bâton de vieillesse ! (de Funès parlant de Gérard)

– Un bâton merdeux, oui ! (Philippe)

– The next week you will be going to London, my boy, you understande ! (de Funès)

– Yes, father ! (Philippe)

(Les Grandes Vacances)

– Ich liebe dich ! Ich bin envoyé parrr Don Césarrr !... Kommen retrouver mich moi à l'auberge de la cabeza negra ? (de Funès imitant le perroquet)

– Ein rendez-vous ? Das ist ein gross folie. (la reine)

– Nein, petite folie. Je peux compter sur vous ? (de Funès)

– Compter ? (la reine)

– Ja, compe... ter. Ein zwei drei compe... ter... (de Funès)

(La Folie des grandeurs)

– Dites donc, votre violon, il joue de la flûte ? (de Funès)

– De la flûte ?

(Le Grand Restaurant)

– Contrôlez toujours qui est qui ! (de Funès)
– ... Qui qui est qui ?
– ... Qui est qui quoi ! (de Funès)
(Fantômas se déchaîne)

– Ach so, marché noir ! (Allemand)
– Non c'est pour l'entracte, j'ai quelquefois faim et il faut que je mange, et ça p'tite provision (de Funès)
– Grosseu Filou ! (Allemand)
– Ah ah ! Nein petit filou ! (de Funès)
(La Grande Vadrouille)

– J'emmène Shirley à Sainte-Clotilde.
– Avec Big Jo Williams aux grandes orgues, ça va balancer dur. (de Funès)
(Les Grandes Vacances)

– Non ! C'est pas vrai ! Vous n'allez pas l'appeler Blaise !
(Oscar)

– Et vous me copierez 100 fois « I am stupid and agressive ».
(Le Gendarme à New York)

– Prenez six personnes normales or ein personne anormale (de Funès regarde Blier). Vous prenez ein kilogram Kartoffeln, 1 litter milch, 3 eie, 90 g butter, saltz und muscatnuss. Je répète herr Muller, ich wiederhole (Septime avec la moustache d'Hitler), ein kilogramm Kartoffeln, 1 litter milch, 3 eie, 90 g butter saltz und ? UND ? Muscatnuss. MUSCATNUSS

HERR MULLER ! Haben sie verstehen herr Muller ? Auf Wiedersehen herr Muller !

(Le Grand Restaurant)

– Dites-moi... (de Funès)
– Oui chef ? (Lefebvre)
– Je vous hais. (de Funès)
– Oui chef. (Lefebvre)
– Vous ne le dites à personne, hein ? (de Funès)
– Oui chef. (Lefebvre)
– Oh merci, vous êtes gentil. (de Funès)

(Le Gendarme à New York)

– Comment me trouvez-vous, physiquement ? (Bourvil)

– Euh, il est tard, il faut dormir, hein, allons ! (de Funès)

(La Grande Vadrouille)

– Allô ! Sa... Sa... Sa... Saroyan ! (Bourvil)

– Ah ! Le bègue ! Qu'est-ce que tu veux ? (de Funès)

– Fifty Fifty ! Réfléchis ! un poco no ? (Bourvil)

(Le Corniaud)

– Michonnet, c'est un diminutif car quand il était petit, il était déjà gros !

(Les Grandes Vacances)

– Complexe de frustration pré-pubère... (le psy)

– Ça je ne peux pas vous dire... je ne me rends pas compte ! (de Funès)

(Le Gendarme à New York)

– Eh ben elle est forte celle-là ! (de Funès)

– Qu'est-ce que vous dites ?

– Moi ? Mais... je... moa... rien ! (de Funès)

– Si, vous avez dit « Elle est forte, celle-là ! » Restez correcte, qu'il soit correcte !

– Nous reprenons au numéro 17.

(La Grande Vadrouille)

– J'ai une maîtresse, voilà ! (de Funès)

– Quoi ! Tu me trompes ? Mais avec qui ?

– Avec Thérèse Leduc ! (de Funès)

– Mais elle a soixante-cinq ans !

– Eh ben justement ! (de Funès)

(Les Aventures de Rabbi Jacob)

– Écoutez ! Votre fils à vous... Couché ! (Mac Farrel)

– Couché ? (de Funès)

– Oui couché avec mon fille à moi ! (Mac Farrel)

– It is impossible ! (de Funès)

– Venir tout tout de suite. (Mac Farrel)

(Les Grandes Vacances)

– La révolution, c'est comme une bicyclette : quand elle n'avance plus, elle tombe.

– Eddy Merckx ! (de Funès)

– Non, Che Guevara !

(Les Aventures de Rabbi Jacob)

– Cruchot, quel âge avez-vous ? (Galabru)

– Mardi mon adjudant ! (de Funès)

– Mardi ? Mais je vous demande pas ça, je vous demande quel âge vous avez ?

– Haaa ! Ben mercredi !

– Vous vous foutez de moi, quel âge vous avez ?

– Haaa y a un y a deux et trois...

– Y a trois et ben vous paraissez nettement le double, hein !

(Le Gendarme et les extraterrestres)

– Are you ? (Bourvil)

– You Are ? Where is big moustache ? (de Funès)

– I don't know, and if you don't know I don't know, non ! (Bourvil)

– I don't understand ! (de Funès)

– And if you don't come, I... Oh Merde alors, comment... ? (Bourvil)

– Comment ça merde alors ! But alors you are frennnch ! (de Funès)

– You are not english ? (Bourvil)

(La Grande Vadrouille)

– De quoi est morte votre femme ? (Alane)

– Elle était déjà pas bien le matin puis elle me fait RRRRR, j'lui dis qu'est-ce qu'y a, RRRRR, elle a gonflé pffffffffff, puis elle a éclaté PAF ! C'était horrible ! (de Funès)

– Qu'est-ce que vous me racontez là ?

– Épouvantable, j'en avais partout... Mais elle n'a pas souffert, du tout, du tout... (de Funès)

(Hibernatus)

– Y a quelqu'un ? (Bourvil)

– Non, non, y a personne ! (de Funès, caché)

– Ah bon ? (Bourvil)

(Le Corniaud)

– Y a plus d'arkoum ! y en a plus, fallait pas jouer les mauvais chameaux.

(Les Aventures de Rabbi Jacob)

– Et maintenant Blaze, flattez-moi ! (de Funès)

– Euh... Monseigneur est le plus grand de tous les grands d'Espagne. (Montand)

– C'est pas une flatterie ça, c'est vrai ! Alors ? (de Funès)

– J'avais pensé à autre chose, mais j'ose pas ! (Montand)

– Allez osez, osez, mmm ? (de Funès)

– Monseigneur est beau ! (Montand)

– Est-ce que vous pensez vraiment ce que vous dites ? (de Funès)

– Ben, je flatte ! (Montand)

(La Folie des grandeurs)

– Parle à mes pieds, ma tête est dans le désert !

(Un grand seigneur, ou Les Bons Vivants)

– Have you had a good trip ? Trip... voyage. (de Funès)

– Oh oui, très très beau. (Shirley)

– Vous devez être fatiguée... fatiguée... (de Funès)

– Oh tired ? No, no... j'ai... j'ai la forme pleine... (Shirley)

– Oh là là... (de Funès)

(Les Grandes Vacances)

– Ça c'est pour le roi... non, ça c'est pour Salluste... voleur ! Mais non pas voleur, c'est pour Salluste.

(La Folie des grandeurs)

– Qui se garde à carreau n'est jamais capot !
– Lui a-t-on dit qu'on ne jouait pas à la belote ?
(Pouic-Pouic)

– Le Bombé, y faut qu'on pète ! Y faut qu'on pète pour faire venir la soucoupe que j'ti dis !
(La Soupe aux choux)

Louis de Funès qui se fait laver les cheveux par Y. Montand :
– Y a pas assez de mousse !
– Bah, y a pas assez de cheveux non plus.
(La Folie des grandeurs)

Louis de Funès, emprisonné, veut se venger du roi :
– J'ai un petit plan pour tous nous évader. Nous rentrons à Madrid, nous conspirons, le roi répudie la reine, la vieille épouse le perroquet, César devient roi, je l'épouse et me voilà reine !
(La Folie des grandeurs)

– Where is the toilets please ? (de Funès)
– Suivez les mouches !
– Oh, mmmh mmmh ! (de Funès)
(L'Aile ou la cuisse)

– Allez vous coucher, vous ! (de Funès)
– Mais il est deux heures de l'après-midi ? (la bonne)
– Eh ben allez faire la sieste ! (de Funès)
– Mais j'ai pas déjeuné ? (la bonne)
– Eh bien vous mangerez après ! (de Funès)
– Après la sieste, ce sera le dîner ? (la bonne)

– Après dîner on se couche ! (de Funès)
– Mais j'aurai toujours pas déjeuné ? (la bonne)
– Alors, que faire ? (de Funès)
– Ben, se coucher ! (la bonne)
(Les Grandes Vacances)

– C'est de moi ou de mon collègue que vous vous foutez ?
– Ah des deux, je me fous des deux. (de Funès)
(Les Aventures de Rabbi Jacob)

– Pourquoi vous me regardez de si haut ? Parce que je suis le valet de chambre ? Parce que je suis noir ?
– Mais non, vous n'êtes pas noir ! (de Funès)
– Mais si, je suis noir.
– Enfin pas tellement, quoi. (de Funès)
(Le Tatoué)

– Bon, alors, vous allez me donner un grand grenache avec un grand madère et un grand verre, et puis je vais fumer un grand cigare ! Voilà !
(Hibernatus)

– De quoi que t'as soupé hier au soir ? (le Glaude)
– D'un pied de cochon ! (le Bombé)
– Pfffffffff... Y a pas plus lourd qu'un pied de cochon ! Alors ta soucoupe, c'est le pied de cochon ! (le Glaude)
(La Soupe aux choux)

– Pour un 18 en géographie... je sautais ! Pour un sirop de groseilles je sautais ! Un rendez-vous au printemps, je sautais !... Vous trouvez pas que les gens ne savent plus sauter aujourd'hui...

(Faites sauter la banque)

– La reine a un coquin ? Mais ça vaut beaucoup d'argent ça ! Tiens, voilà la vieille, ça va chauffer !

(La Folie des grandeurs)

– Salomon, Slimane, vous ne seriez pas un peu cousins ?

(Les Aventures de Rabbi Jacob)

– ... Qui vole une tapisserie, vole une épicerie !

(Le Tatoué)

– Qui dois-je annoncer ? (Préboist)

– À votre avis... (de Funès)

– Euh... (Préboist)

– Monsieur de Tartosse (de Funès)

– Aaah, bien ! (Préboist)

– Monsieur de Tartasse, imbécile ! Allez-vous-en, allez-vous-ennn ! (de Funès)

(Hibernatus)

– Mais bougre d'imbécile, c'est en changeant de veste, faut que je pense à tout, moi ! (de Funès)

– Monsieur le commissaire, vous voyez pas qu'ils vous aient passé à tabac !

(Fantômas)

– V'là l'autre grand pendard qui chante maintenant ! Taisez-vous, vous allez réveiller tout le palais !... Oh ! C'est fini de faire le joli cœur à 2 heures du matin !

(La Folie des grandeurs)

– Il a fait mal ! Comment ! Mon fils Philippe ! Écoutez, je viens ! (de Funès)

– Je vous accompagne. (Claude Gensac)

– Mais non, c'est pas grave ! Le temps de vous préparer, on prendrait l'avion du soir. (de Funès)

(Les Grandes Vacances)

– Ça alors ! Vous avez vu la mariée ! Elle est noire ! Elle est même pas café au lait, elle est noire et lui il est blanc !

(Les Aventures de Rabbi Jacob)

– Vous allez toucher la récompense de 100 millions pour le Youkounkoun ! (de Funès)

– Alors, je suis pas si councoun que j'en ai l'air ! (Bourvil)

(Le Corniaud)

– Monsieur, il y a un monsieur qui demande Monsieur. (Préboist)

– Pourquoi vous ne me le dites pas ? (de Funès)

– Mais je vous le dis ! (Préboist)

– Quand ? (de Funès)

– Maintenant. (Préboist)

– Vous êtes un menteur ! (de Funès)

(Hibernatus)

– On est plus que deux cons, sous la lune, cons comme la lune. (de Funès)

(La Soupe aux choux)

– C'est un saint-julien-château Léoville-Las-Cases 1953...

(L'Aile ou la cuisse)

– Vous avez vu Salomon, ils ont des voitures, ils ont des Rolls blanches les noaares ! (de Funès)

– En tout cas y a aucune chance que votre fille épouse un Noir !... parce que monsieur est un peu raciste ! (Guybet)

– Raciste, moi raciste, Salomon ! Raciste ? En tout cas ma fille épouse un homme bien blanc, bien blanc ! Il est riche comme moi et catholique comme tout le monde. (de Funès)

– Pas comme tout le monde, Monsieur, parce que moi je suis juif ! (Guybet)

– Vous êtes juif ! Oh ! Salomon est juif ! (de Funès)

– Et mon oncle Jacob qui arrive de New York, il est rabbin ! (Guybet)

– Mais il est pas juif ? (de Funès)

(Les Aventures de Rabbi Jacob)

– C'est une fille de très bonne famille !

– Et, où l'as-tu trouvée ?

– Ben, eh, eh... dans la rue !

(Un grand seigneur, ou Les Bons Vivants)

– C'est pas par cette fenêtre-là... Qu'est-ce qui fout chez la vieille, qu'est-ce qu'il peut bien lui raconter ? (de Funès parlant de son perroquet)

(La Folie des grandeurs)

– Rends-moi mon argent, coquin ! (Il se prend le bras) Ah ben non, ça c'est moi !

(L'Avare)

– Ich bin ein freund, un ami, ein freund of Antoine Maréchal ! He ist en danger ! mm mm mm ! Verstehen sie danger ! Si vous nicht intervenieren, Maréchal Kaputt ! (de Funès)

– Das ist kann ich Möglich ! (Ursula)

– Ça je ne peux pas vous dire ! Je ne me rends pas compte ! Because der mann, der beau garçon, ach ! ist ein salopard, ein gross salopard... qui veut barboter... beg your pardon... volieren la Cadillac !... Voilà, merci... Non je crois qu'elle a capito.

(Le Corniaud)

– Monseignor, il est l'or, l'or de se réveiller.

– Il en manque une !

– Vous êtes sor ?

– Tout à fait sor ?

(La Folie des grandeurs)

– Vous allez pouvoir coffrer toute la smala ! Leur chef s'appelle Farès ! Je vous donne son signalement : gros huileux avec des yeux plissés cruels qui passent à travers ses lunettes noires. (de Funès)

– Une vraie tête d'assassin ! (Farès)

(Les Aventures de Rabbi Jacob)

Ses principaux rôles au cinéma

1954 *Ah ! Les Belles Bacchantes !*	Michel Lebœuf	Détective
1956 *La Traversée de Paris*	Jambier	Épicier
1957 *Comme un cheveu sur la soupe*	Pierre Cousin	Compositeur
1957 *Ni vu ni connu*	Blaireau	Braconnier
1958 *Taxi, roulotte et corrida*	Maurice Berger	Chauffeur de taxi
1959 *Mon pote le gitan*	Védrines	Éditeur
1959 *Certains l'aiment froide*	Ange Galopin	Notaire
1961 *La Belle Américaine*	Viralot	Le chef comptable
1961 *Le garde champêtre mène l'enquête*	M. Hernzer	Pêcheur
1962 *Le Gentleman d'Epsom*	Gaspard Ripeux	Restaurateur
1962 *Carambolages*	Charolais	P-DG
1962 *Les Veinards*	M. Beaurepaire	Commerçant
1963 *Des pissenlits par la racine*	Jockey Jack	Inactif
1963 *Pouic-Pouic*	Léonard Monestier	Homme d'affaires
1964 *Faites sauter la banque*	Victor	Armurier
1964 *Le Gendarme de Saint-Tropez*	Ludovic Cruchot	Gendarme
1964 *Un drôle de caïd*	Marcel	Cambrioleur
1964 *Fantômas*	Juve	Commissaire
1965 *Le Corniaud*	Léopold Saroyan	P-DG
1965 *Les Bons Vivants*	Léon Haudepin	Directeur
1966 *La Grande Vadrouille*	Stanislas Lefort	Chef d'orchestre
1966 *Le Grand Restaurant*	Septime	Grand restaurateur

1967	*Le Petit Baigneur*	L.P. Fourchaume	Industriel
1967	*Les Grandes Vacances*	Charles Bosquier	Directeur de collège
1967	*Oscar*	Bertrand Barnier	P-DG
1968	*Le Tatoué*	Félicien Mézeray	Antiquaire
1969	*Hibernatus*	Hubert de Tartas	Industriel
1970	*L'Homme orchestre*	Evan Evans	Directeur de ballet
1970	*Sur un arbre perché*	Henri Roubier	Industriel
1971	*Jo*	Antoine Brisebard	Auteur à succès
1971	*La Folie des grandeurs*	Don Salluste	Ministre du roi
1973	*Les Aventures de Rabbi Jacob*	Victor Pivert	Industriel
1978	*La Zizanie*	G. Daubray-Lacaze	Entrepreneur Paysan
1980	*L'Avare*	Harpagon	Riche veuf
1981	*La Soupe aux choux*	Claude Ratinier (dit le Glaude)	

Filmographie et annotations

LA TENTATION DE BARBIZON (1945)
Réalisateur : Jean Stelli
Scénario : André-Paul Antoine
Dialogues : Marc-Gilbert Sauvajon
Musique : René Sylviano
Interprètes principaux : Simone Renant, François Périer, Pierre Larquey... Louis de Funès (figurant, le portier du Paradis)
Première apparition de Louis de Funès ; il a trente et un ans. C'est Daniel Gélin qui lui déniche ce rôle.

SIX HEURES À PERDRE (1946)
Réalisateur : Alex Joffé et Jean Lévitte
Scénario et dialogues : Alex Joffé et Jean Lévitte
Musique : Henri Dutilleux
Interprètes principaux : Pierre Larquey, Dany Robin, Denise Grey... Louis de Funès (figurant, le chauffeur)

DERNIER REFUGE (1946)
Réalisateur : Marc Maurette
Scénario : Marc Maurette et Maurice Griffe
Dialogues : Georges Simenon
Musique : Jean-Jacques Grünenwald

Interprètes principaux : Raymond Rouleau, Giselle Pascal, Mila Parely, Noël Roquevert... Louis de Funès (figurant, l'employé du wagon-restaurant)

ANTOINE ET ANTOINETTE (1946)
Réalisateur : Jacques Becker
Scénario et dialogues : Jacques Becker, Maurice Griffe, Françoise Giroud
Musique : Jean-Jacques Grünenwald
Interprètes principaux : Roger Pigaut, Claire Maffei, Annette Poivre, Noël Roquevert, Gérard Oury... Louis de Funès (figurant, un invité à la noce)

CROISIÈRE POUR L'INCONNU (1947)
Réalisateur : Pierre Montazel
Scénario et dialogues : Pierre Montazel et Maurice Griffe
Musique : Hubert Rostaing
Interprètes principaux : Claude Dauphin, Sophie Desmarets, Pierre Brasseur, Noël Roquevert... Louis de Funès (figurant, un cuisinier)

DU GUESCLIN (1948)
Réalisateur : Bernard de Latour
Scénario : Roger Vercel et Bernard de Latour
Dialogues : Roger Vercel
Musique : Maurice Thiriet
Interprètes principaux : Fernand Gravey, Junie Astor, Noël Roquevert, Gérard Oury... Louis de Funès (figurant, l'astrologue)
Louis de Funès, sans le savoir, est figurant aux côtés de Gérard Oury. En revanche, il est très heureux

d'approcher Noël Roquevert, l'un de ses modèles de comédie.

RENDEZ-VOUS AVEC LA CHANCE (1949)
Réalisateur : Émile-Edwin Reinert
Scénario : André-Paul Antoine et Émile-Edwin Reinert
Dialogues : Jacques Natanson
Musique : Joe Hajos
Interprètes principaux : Henri Guisol, Danièle Delorme, Suzanne Flon... Louis de Funès (figurant, le garçon de café)

JE N'AIME QUE TOI (1949)
Réalisateur : Pierre Montazel
Scénario et dialogues : Pierre Montazel
Musique : Francis Lopez
Interprètes principaux : Luis Mariano, Martine Carol, André Le Gall, Robert Dhéry... Louis de Funès (figurant, le chef d'orchestre)

MISSION À TANGER (1949)
Réalisateur : André Hunebelle
Scénario et dialogues : Michel Audiard
Musique : Jean Marion
Interprètes principaux : Raymond Rouleau, Gaby Sylvia, Bernard Lajarrige... Louis de Funès (figurant)
Première rencontre de Louis de Funès avec André Hunebelle, quinze ans avant le premier Fantômas.

VIENT DE PARAÎTRE (1949)
Réalisateur : Jacques Houssin
Scénario : Michel Duran

Dialogues : Edouard Bourdet
Musique : Marcel Stern
Interprètes principaux : Pierre Fresnay, Blanchette Brunoy, Franck Villard... Louis de Funès (figurant)

MON AMI SAINFOIN (1949)
Réalisateur : Marc-Gilbert Sauvajon
Interprètes principaux : Pierre Blanchard, Denise Grey, Sophie Desmaret, Jacqueline Porel, Alfred Adam... Louis de Funès (le guide)

LE JUGEMENT DE DIEU (1949)
Réalisateur : Raymond Bernard
Interprètes principaux : Andrée Debar, Gabrielle Dorziat, Marie-France Planèze, Olivier Hussenot... Louis de Funès (figurant)

AU REVOIR MONSIEUR GROCK (1949)
Réalisateur : Pierre Billon
Scénario et dialogues : Nino Costantini, Bluette et Christin-Falaize
Musique : Henri Sauguet
Interprètes principaux : Grock, Suzy Prim, Héléna Manson, Maurice Regamey... Louis de Funès (figurant, un spectateur)

ADEMAÏ AU POTEAU-FRONTIÈRE (1949)
Réalisateur : Paul Colline
Scénario et dialogues : Paul Colline
Musique : Daniel White
Interprètes principaux : Paul Colline, Jean Richard, Noël Roquevert, Max Revol... Louis de Funès (figurant)
De Funès aperçoit l'une de ses idoles, Max Revol.

MILLIONNAIRES D'UN JOUR (1949)
Réalisateur : André Hunebelle
Scénario : Alex Joffé
Dialogues : Jean Halain
Musique : Jean Marion
Interprètes principaux : Gaby Morlay, Pierre Brasseur, Ginette Leclerc... Louis de Funès (figurant, avocat)

PAS DE WEEK-END POUR NOTRE AMOUR (1949)
Réalisateur : Pierre Montazel
Scénario et dialogues : Pierre Montazel
Musique : Roger Lucchesi
Interprètes principaux : Luis Mariano, Maria Mauban, Jules Berry... Louis de Funès (Constantin)
Louis de Funès, encore figurant, ne sait pas que la tête d'affiche du film, Maria Mauban, jouera un jour le rôle de sa femme dans Le Gendarme et les extra-terrestres.

UN CERTAIN MONSIEUR (1949)
Réalisateur : Yves Ciampi
Scénario : Yannick Boisyvon
Dialogues : Jacqueline et Yannick Boisyvon
Musique : Georges Van Parys
Interprètes principaux : René Dary, Hélène Perdrière, Pierre Destailles, Louis Seigner... Louis de Funès (Thomas Boudebeuf)

LE ROI DU BLA BLA BLA (1950)
Réalisateur : Maurice Labro
Scénario : Louis d'Yvré
Dialogues : Louis d'Yvré et Claude Boissol
Musique : René Sylviano

Interprètes principaux : Roger Nicolas, Irène de Trébert, Lise Delamare, Christian Duvaleix... Louis de Funès (Gino)

BONIFACE SOMNAMBULE (1950)
Réalisateur : Maurice Labro
Scénario : Gérard Carlier
Dialogues : Jean Manse
Musique : Louiguy
Interprètes principaux : Fernandel, Mathilde Casadesus... Louis de Funès (le mari soupçonneux)
Première rencontre cinématographique de Louis de Funès avec l'un de ses maîtres, Fernandel.

L'AMANT DE PAILLE (1950)
Réalisateur : Gilles Grangier
Scénario : Marc-Gilbert Sauvajon et A. Dhost
Dialogues : Marc-Gilbert Sauvajon
Musique : Jean Marion
Interprètes principaux : Gaby Sylvia, Jean-Pierre Aumont, Alfred Adam... Louis de Funès (Bruno)

LA RUE SANS LOI (1950)
Réalisateur : Marcel Gibaud
Scénario et dialogues : Jean Halain et Dubout
Musique : Marcel Landowski
Interprètes principaux : Gabriello, Annette Poivre, Paul Demange... Louis de Funès (Hippolyte)

LA ROSE ROUGE (1950)
Réalisateur : Marcel Pagliero
Scénario et dialogues : Robert Scipion
Musique : Georges Van Parys

Interprètes principaux : Françoise Arnoul, Dora Doll, Barbara Laage, Yves Deniaud... Louis de Funès (le poète)

FOLIE DOUCE (1950)
Réalisateur : Jean-Paul Paulin
Scénario et dialogues : Marcel-Éric Grancher
Musique : Loulou Gasté
Interprètes principaux : Gabriello, Duvallès, Lisette Jambel, Marthe Mercadier... Louis de Funès (figurant)

BIBI FRICOTIN (1950)
Réalisateur : Marcel Blistène
Scénario dialogues : Maurice Henry et Arthur Harfaux
Musique : Jacques Besse
Interprètes principaux : Maurice Baquet, Alexandre Rignault, Nicole Francis... Louis de Funès (figurant, le pêcheur)

KNOCK (1950)
Réalisateur : Guy Lefranc
Scénario : Georges Neveu
Dialogues : Jules Romains
Musique : Paul Misraki
Interprètes principaux : Louis Jouvet, Jean Brochard, Pierre Renoir, Yves Deniaud... Louis de Funès (figurant, l'homme qui a perdu cent grammes)
Louis de Funès approche pour la première fois le grand Louis Jouvet.

LA PASSANTE (1950)
Réalisateur : Henri Calef
Scénario : Henri Calef et Serge Groussard

Dialogues : Serge Groussard
Musique : Marcel Landowski
Interprètes principaux : Henri Vidal, Maria Mauban, Daniel Ivernel, Noël Roquevert, Jacques Dynam... Louis de Funès (figurant, l'éclusier)

SANS LAISSER D'ADRESSE (1950)
Réalisateur : Jean-Paul Le Chanois
Scénario : Alex Joffé
Dialogues : Alex Joffé et Jean-Paul Le Chanois
Musique : Joseph Cosma
Interprètes principaux : Bernard Blier, Danièle Delorme, Pierre Trabaud, Carette... Louis de Funès (figurant, futur père)
Louis de Funès admire beaucoup Blier. Il le lui fera savoir notamment en lui proposant de beaux seconds rôles quand il sera tête d'affiche.

LA VIE EST UN JEU (1950)
Réalisateur : Raymond Leboursier
Scénario : Raymond Leboursier
Dialogues : Jean Halain
Musique : Jean Marion
Interprètes principaux : Rellys, Jacqueline Delubac, Jimmy Gaillard, Félix Oudart... Louis de Funès (figurant)

LES JOUEURS (1951)
Moyen Métrage (50 min)
Réalisateur : Claude Barma
Scénario : d'après une pièce de Nicolas Gogol
Interprètes principaux : Daniel Lecourtois, Henri Rollan, Jacques Morel... Louis de Funès

UN AMOUR DE PARAPLUIE (1951)
Court Métrage (33 min)
Réalisateur : Jean Laviron
Scénario : Jean Laviron
Interprètes principaux : Jacques-Henri Duval, Noël Roquevert, Armand Bernard... Louis de Funès

BOÎTE À VENDRE (1951)
Court Métrage (25 min)
Réalisation : Claude Lalande
Scénario : Robert Rocca
Interprètes principaux : Gabriello, Paul Demange... Louis de Funès

CHAMPIONS JUNIORS (1951)
Court Métrage (26 min)
Réalisation : Pierre Blondy
Scénario : Raoul Cauvin
Interprètes principaux : Jean Daurand, Louis de Funès

LE VOYAGE EN AMÉRIQUE (1951)
Réalisateur : Henri Lavorel
Scénario : Henri Lavorel et Roland Laudenbach
Dialogues : Henri Lavorel
Musique : Francis Poulenc
Interprètes principaux : Pierre Fresnay, Yvonne Printemps, Jean Brochard... Louis de Funès (figurant, l'employé d'Air France)

PAS DE VACANCES POUR MONSIEUR LE MAIRE (1951)
Réalisateur : Maurice Labro
Scénario : Christian Duvaleix et Jacques Emmanuel
Dialogues : Claude Boissol et Jacques Emmanuel

Musique : Paul Durand, Roger Lucchesi
Interprètes principaux : André Claveau, Grégoir Aslan, Albert Duvaleix... Louis de Funès (figurant, le conseiller)

MA FEMME EST FORMIDABLE (1951)
Réalisateur : André Hunebelle
Scénario et dialogues : Jean Halain
Musique : Jean Marion
Interprètes principaux : Fernand Gravey, Sophie Desmarets, Simone Valère, Alfred Adam... Louis de Funès (fugurant, le touriste)

ILS ÉTAIENT CINQ (1951)
Réalisateur : Jack Pinoteau
Scénario : Michel Jourdan
Dialogues : Pierre Laroche
Musique : Georges Van Parys
Interprètes principaux : Jean Carmet, Jean Gaven, Michel Jourdan, François Martin, Jean-Claude Pascal... Louis de Funès (figurant, le régisseur Albert)
Jean Carmet a réussi à décrocher un rôle important. De Funès, lui, en est encore à la figuration.

LA POISON (1951)
Réalisateur : Sacha Guitry
Scénario et dialogues : Sacha Guitry
Musique : Louiguy
Interprètes principaux : Michel Simon, Germaine Reuver, Jean Debucourt... Louis de Funès (André)
Louis de Funès est dirigé par le maître Sacha Guitry. Il rencontre Michel Simon.

MONSIEUR LEGUIGNON, LAMPISTE (1951)
Réalisateur : Maurice Labro
Scénario et dialogues : Claude Boissol, Jacques Emmanuel
Musique : Robert Lopez
Interprètes principaux : Yves Deniaud, Jane Marken, Bernard Lajarrige, Pierre Larquey... Louis de Funès (figurant, le juré)

LES SEPT PÉCHÉS CAPITAUX (1951)
Réalisateur : Jean Dréville
Scénario et dialogues : Carlo Rim
Musique : Georges Auric
Interprètes principaux : Noël-Noël, Jacqueline Plessis, Madeleine Barbulée... Louis de Funès (Martin Gaston, le rouspéteur)

LE DINDON (1951)
Réalisateur : Claude Barma
Scénario et dialogues : Jean-Luc, d'après Georges Feydeau
Musique : Gérard Calvi
Interprètes principaux : Nadine Alari, Jacqueline Pierreux, Denise Provence, Jane Marken, Louis Seigner... Louis de Funès (le gérant)

AGENCE MATRIMONIALE (1951)
Réalisateur : Jean-Paul Le Chanois
Scénario : France Roche et Jacques Rémy
Dialogues : Jean-Paul Le Chanois
Musique : Joseph Kosma
Interprètes principaux : Bernard Blier, Michèle Alfa, Julien Carette... Louis de Funès (figurant, un passant)

LE HUITIÈME ART ET LA MANIÈRE (1952)
Court Métrage (34 min)
Réalisateur : Maurice Regamey
Scénario : Armand Jamot
Interprètes principaux : Georgette Anys, Georges de Caunes, Louis de Funès
Son copain Maurice Regamey l'appelle pour un petit rôle dans un court métrage ; il n'oubliera pas Louis, quelques années plus tard, pour lui proposer le premier rôle de Comme un cheveu sur la soupe.

LES DENTS LONGUES (1952)
Réalisateur : Daniel Gélin
Scénario : Michel Audiard, Marcel Camus, Daniel Gélin et Jacques Robert
Dialogues : Michel Audiard
Musique : Paul Misraki
Interprètes principaux : Danièle Delorme, Daniel Gélin, Jean Chevrier, Louis Seigner.... Louis de Funès (figurant, le barman)
Daniel Gélin, toujours fidèle à son ami Louis, lui propose un petit rôle dans son film.

LA PUTAIN RESPECTUEUSE (1952)
Réalisateur : Charles Brabant et Marcel Pagliero
Scénario et dialogues : Jacques-Laurent Bost, Alexandre Astruc, d'après la pièce de J.-P. Sartre
Musique : Georges Auric
Interprètes principaux : Barbara Laage, Yvan Desny, Walter Bryant... Louis de Funès (figurant, un client de night-club)

L'AMOUR N'EST PAS UN PÉCHÉ (1952)
Réalisateur : Claude Cariven
Scénario et dialogues : Claude Cariven
Musique : Marcel Stern
Interprètes principaux : Robert Dhéry, Colette Brosset... Louis de Funès (figurant, un locataire)
Louis de Funès commence à côtoyer la bande à Dhéry.

MONSIEUR TAXI (1952)
Réalisateur : André Hunebelle
Scénario et dialogues : Jean Halain
Musique : Jean Marion
Interprètes principaux : Michel Simon, Roland Alexandre, Monique Darbaud... Louis de Funès (figurant, le peintre)

JE L'AI ÉTÉ TROIS FOIS (1952)
Réalisateur : Sacha Guitry
Scénario et dialogues : Sacha Guitry
Musique : Louiguy
Interprètes principaux : Sacha Guitry, Bernard Blier, Lana Marconi, Simone Paris... Louis de Funès (figurant, l'interprète)

MOINEAUX DE PARIS (1952)
Réalisateur : Maurice Cloche
Scénario : Franz Tanzler
Dialogues : André Hornez
Musique : Paul Bonneau
Interprètes principaux : Jean-Pierre Aumont, Virginia Keiley, Max Elloy... Louis de Funès (figurant)

LA FUGUE DE MONSIEUR PERLE (1952)
Réalisateur : Roger Richebé
Scénario : Loïc Le Gouriadec
Dialogues : Marc-Gilbert Sauvajon
Musique : Henri Verdun
Interprètes principaux : Noël-Noël, Arlette Poirier, Mary Glory... Louis de Funès (figurant, un fou)

LÉGÈRE ET COURT-VÊTUE (1952)
Réalisateur : Jean Laviron
Scénario et dialogues : Jean Laviron
Musique : Daniel White
Interprètes principaux : Jean Parédès, Madeleine Lebeau, Jacqueline Pierreux... Louis de Funès (Duvernois)

ELLE ET MOI (1952)
Réalisateur : Guy Lefranc
Scénario : Jean Duché, Michel Audiard et Guy Lefranc
Dialogues : Michel Audiard et Jean Duché
Musique : Paul Misraki
Interprètes principaux : François Périer, Dany Robin, Jean Carmet... Louis de Funès (figurant, le garçon de café)

AU DIABLE LA VERTU ! (1952)
Réalisateur : Jean Laviron
Scénario et dialogues : Jean Laviron
Musique : Daniel White
Interprètes principaux : Henri Genès, Liliane Bert, Maurice Regamey... Louis de Funès (figurant)

LA VIE D'UN HONNÊTE HOMME (1952)
Réalisateur : Sacha Guitry
Scénario et dialogues : Sacha Guitry
Musique : Louiguy et Mouloudji
Interprètes principaux : Michel Simon, Marguerite Pierry, François Guérin, Claude Gensac... Louis de Funès (Émile)
Première rencontre entre de Funès et Claude Gensac. Lui est valet, elle est femme de chambre.

LE RIRE (1953)
Court Métrage (23 min)
Réalisation : Maurice Regamey
Scénario : Maurice Regamey
Interprète : Louis de Funès
Regamey pour redonner du courage à son copain lui propose le premier rôle de son court métrage.

DORTOIR DES GRANDES (1953)
Réalisateur : Henri Decoin
Scénario : Henri Decoin et François Chalais
Dialogues : Jacques Natanson
Musique : Georges Van Parys
Interprètes principaux : Jean Marais, Françoise Arnoul, Denise Grey, Jeanne Moreau... Louis de Funès (le photographe Triboudot)
De Funès, intimidé, rencontre le héros de L'Aigle à deux têtes.

L'ÉTRANGE DÉSIR DE MONSIEUR BARD (1953)
Réalisateur : Géza Radvanyi
Scénario : Géza Radvanyi
Dialogues : Géza Radvanyi, René Barjavel

Musique : Jean-Jacques Grünenwald
Interprètes principaux : Michel Simon, Yves Deniaud, Geneviève Page... Louis de Funès (M. Chanteau)

MON FRANGIN DU SÉNÉGAL (1953)
Réalisateur : Guy Lacourt
Scénario et dialogues : Norbert Carbonnaux
Musique : Norbert Glanzberg
Interprètes principaux : Raymond Bussières, Annette poivre, Noël Roquevert... Louis de Funès (le docteur)

CAPITAINE PANTOUFLE (1953)
Réalisateur : Guy Lefranc
Scénario et dialogues : Alfred Adam
Musique : Marc Lanjean
Interprètes principaux : François Périer, Marthe Mercadier, Michèle Monty, Noël Roquevert... Louis de Funès (M. Rachoux)

LE BLÉ EN HERBE (1953)
Réalisateur : Claude Autant-Lara
Scénario et dialogues : Jean Aurenche, Pierre Bost, Claude Autant-Lara
Musique : René Cloerec
Interprètes principaux : Edwige Feuillère, Nicole Berger, Pierre-Michel Beck... Louis de Funès (le projectionniste)
Première rencontre entre Autant-Lara et de Funès : trois ans plus tard, ils tourneront La Traversée de Paris.

LE CHEVALIER DE LA NUIT (1953)
Réalisateur : Robert Darène

Scénario et dialogues : Jean Anouilh
Musique : Jean-Jacques Grünenwald
Interprètes principaux : Renée Saint-Cyr, Jean-Claude Pascal, Jean Servais... Louis de Funès (le tailleur)

WEEK-END À PARIS (1953)
Réalisateur : Gordon Parry
Scénario et dialogues : Anatole de Grünwald
Musique : Muir Mathieson
Interprètes principaux : Alastair Sim, Claude Dauphin, Claire Bloom... Louis de Funès (Célestin)

MAMZELLE NITOUCHE (1953)
Réalisateur : Yves Allégret
Scénario : Marcel Achard, Jean Aurenche, Yves Allégret
Dialogues : Marcel Achard
Musique : d'après l'opérette de Henri Meilhac, A. Millaud et Hervé
Interprètes principaux : Fernandel, Pier Angeli, Jean Debucourt... Louis de Funès (figurant, un maréchal des logis)

TOURMENTS (1953)
Réalisateur : Jacques Daniel-Norman
Scénario : Pierre Maudru
Dialogues : Jacques Daniel-Norman, Yvan Audouard
Musique : Paul Misraki, René Sylviano
Interprètes principaux : Tino Rossi, Blanchette Brunoy, Jacqueline Porel... Louis de Funès (Eddy Gorlier, détective)

LE SECRET D'HÉLÈNE MARIMONT (1953)
Réalisateur : Henri Calef
Scénario : J.-B. Cherrier, Henri Calef, Jacques et Gérard Willemetz
Dialogues : Henri Castillou, Gérard Willemetz
Musique : Georges Van Parys
Interprètes principaux : Isa Miranda, Carla del Poggio, Franck Villard... Louis de Funès (Ravan, le jardinier)

FAITES-MOI CONFIANCE (1953)
Réalisateur : Gilles Grangier
Scénario et dialogues : Francis Blanche
Musique : Gérard Calvi
Interprètes principaux : Zappy Max, Gabriello, Jacqueline Noelle, Francis Blanche... Louis de Funès (Tumlatum)

LES COMPAGNES DE LA NUIT (1953)
Réalisateur : Ralph Habib
Scénario : Jacques Constant
Dialogues : Paul Andréota
Musique : Raymond Legrand
Interprètes principaux : Françoise Arnoul, Raymond Pellegrin, Nicole Maurey, Noël Roquevert... Louis de Funès (figurant, un client attablé)

LES CORSAIRES DU BOIS DE BOULOGNE (1953)
Réalisateur : Norbert Carbonnaux
Scénario et dialogues : Norbert Carbonnaux
Musique : Norbert Glanzberg
Interprètes principaux : Raymond Bussières, Annette Poivre, Christian Duvaleix, Denise Grey... Louis de Funès (le commissaire)

LES HOMMES NE PENSENT QU'À ÇA (1953)
Réalisateur : Yves Robert
Scénario : Jean Bellanger
Dialogues : Jean Marsan et Jean Bellanger
Musique : Georges Van Parys, Marc Lanjean
Interprètes principaux : Jean-Marie Amato, Jean Bellanger, Catherine Erard... Louis de Funès (le mari)
Yves Robert propose un rôle à de Funès voyant en lui un grand acteur ; quatre ans plus tard, il lui offrira le premier rôle de Ni vu ni connu.

LES IMPURES (1954)
Réalisateur : Pierre Chevalier
Scénario : Juliette Saint-Giniez
Dialogues : André Tabet
Musique : Georges Van Parys
Interprètes principaux : Micheline Presle, Raymond Pellegrin, Bill Marshall... Louis de Funès (figurant)

HUIS CLOS (1954)
Réalisateur : Jacqueline Audry
Scénario et dialogues : Pierre Laroche
Musique : Joseph Kosma
Interprètes principaux : Arletty, Gaby Sylvia, Frank Villard... Louis de Funès (le garçon d'étage)

LES PÉPÉES FONT LA LOI (1954)
Réalisateur : Raoul André
Scénario et dialogues : Raymond Caillava
Musique : Daniel White
Interprètes principaux : Claudine Dupuis, Dominique Wilms, Louise Carletti... Louis de Funès (Jeannot)

LES INTRIGANTES (1954)
Réalisateur : Henri Decoin
Scénario et dialogues : Jacques Robert, François Boyer
Musique : Georges Van Parys
Interprètes principaux : Raymond Rouleau, Jeanne Moreau, Raymond Pellegrin... Louis de Funès (Mercange)

INGRID, DIE GESCHICHTE EINES FOTOMODELLS (1954)
Réalisateur : Géza von Radvanyi
Interprètes principaux : Paul Hubschmid, Hannerl Matz, Erni Mangold... Louis de Funès (D'Arrigo)

NAPOLÉON (1954)
Réalisateur : Sacha Guitry
Scénario et dialogues : Sacha Guitry
Musique : Jean Françaix
Interprètes principaux : Pierre Brasseur, Pauline Carton, Danielle Darrieux, Jean Gabin, Daniel Gélin, Sacha Guitry, Jean Marais, Yves Montand, Orson Welles... Louis de Funès (un soldat)
Louis dans ce film a un tout petit rôle, mais a la chance d'être aux côtés des plus grandes stars de cinéma du siècle dernier.

POISSON D'AVRIL (1954)
Réalisateur : Gilles Grangier
Scénario : Gérard Carlier
Dialogues : Michel Audiard
Musique : Étienne Lorin
Interprètes principaux : Bourvil, Annie Cordy, Pierre Dux, Denise Grey... Louis de Funès (le garde-pêche)

Première rencontre de Louis avec l'une de ses idoles, Bourvil ; il ne sait pas encore qu'ils vont former le duo comique le plus célèbre du cinéma français quelques années plus tard.

LA REINE MARGOT (1954)
Réalisateur : Jean Dréville
Scénario : Abel Gance
Dialogues : Paul Andréota
Musique : Paul Misraki
Interprètes principaux : Jeanne Moreau, Armando Franciolo, Robert Porte, Henri Genès... Louis de Funès (l'astrologue René)

SCÈNES DE MÉNAGE (1954)
Réalisateur : Andre Berthomieu
Scénario : André Berthomieu
Dialogues : Marcel Achard
Musique : Georges Van Parys
Interprètes principaux : Sophie Desmarets, Bernard Blier, François Périer... Louis de Funès (Boulingrin)

LE MOUTON À CINQ PATTES (1954)
Réalisateur : Henri Verneuil
Scénario : Albert Valentin
Dialogues : René Barjavel, Henri Verneuil
Musique : Georges Van Parys
Interprètes principaux : Fernandel, Françoise Arnoul, Andrex... Louis de Funès (Pilate)

AH ! LES BELLES BACCHANTES ! (1954)
Réalisateur : Jean Loubignac
Scénario et dialogues : Robert Dhéry

Musique : Gérard Calvi
Interprètes principaux : Robert Dhéry, Colette Brosset, Raymond Bussières et Louis de Funès (Michel Lebœuf)
Premier rôle important pour Louis qui le révèle au théâtre et qui lui forge un nom au cinéma. Merci monsieur Dhéry !

ESCALIER DE SERVICE (1954)
Réalisateur : Carlo Rim
Scénario et dialogues : Carlo Rim
Musique : Georges Van Parys
Interprètes principaux : Etchika Choureau, Jean-Marc Thibault, Marc Gassot et Louis de Funès (Cesare Grimaldi)

PAPA, MAMAN, LA BONNE ET MOI (1954)
Réalisateur : Jean-Paul Le Chanois
Scénario : Pierre Véry, Marcel Aymé et Jean-Paul Le Chanois
Dialogues : Jean-Paul Le Chanois
Musique : Georges Van Parys
Interprètes principaux : Robert Lamoureux, Gaby Morlay, Fernand Ledoux... Louis de Funès (M. Calomel, le voisin)
Un petit rôle pour un film très commercial.

FROU-FROU (1954)
Réalisateur : Augusto Génina
Scénario : Cécil Saint-Laurent et A. E. Carr
Dialogues : Marc-Gilbert Sauvajon
Musique : Louiguy
Interprètes principaux : Dany Robin, Gino Cervi, Phi-

lippe Lemaire... Louis de Funès (colonel Cousinet-Duval)

PAPA, MAMAN, MA FEMME ET MOI (1955)
Réalisateur : Jean-Paul Le Chanois
Scénario : Marcel Aymé, Pierre Véry et Jean-Paul Le Chanois
Dialogues : Jean-Paul Le Chanois
Musique : Georges Van Parys
Interprètes principaux : Robert Lamoureux, Gaby Morlay, Fernand Ledoux... Louis de Funès (M. Calomel)

L'IMPOSSIBLE MONSIEUR PIPELET (1955)
Réalisateur : André Hunebelle
Scénario et dialogues : Jean Halain
Musique : Jean Marion
Interprètes principaux : Michel Simon, Gaby Morlay, Etchika Choureau, Louis Velle... Louis de Funès (oncle Robert)

LA BANDE À PAPA (1955)
Réalisateur : Guy Lefranc
Scénario : Frédéric Dard
Dialogues : Michel Audiard et Frédéric Dard
Musique : Marcel Delannoy
Interprètes principaux : Fernand Raynaud, Noël Roquevert et Louis de Funès (inspecteur Victor Merlerin)

BONJOUR SOURIRE (1955)
Réalisateur : Claude Sautet
Scénario : Pierre Tarcali

Dialogues : Jean Marsan
Musique : Jean Constantin
Interprètes principaux : Jimmy Gaillard, Olga Torel, Darry Cowl et Louis de Funès (Bonœil)

LES HUSSARDS (1955)
Réalisateur : Alex Joffé
Scénario et dialogues : Alex Joffé, P. A. Bréal et Gabriel Arout
Musique : Georges Auric
Interprètes principaux : Bernard Blier, Giovanna Ralli, Bourvil, Alberto Bonucci... Louis de Funès (le bedeau)
Deuxième participation de De Funès avec Bourvil.

SI PARIS NOUS ÉTAIT CONTÉ (1955)
Réalisateur : Sacha Guitry
Scénario et dialogues : Sacha Guitry
Musique : Jean Françaix
Interprètes principaux : Françoise Arnoul, Danielle Darrieux, Sophie Desmarets, Sacha Guitry, Odette Joyeux, Jean Marais, Robert Lamoureux, Pierre Larquey... Louis de Funès (Antoine Allègre)

BÉBÉS À GOGO (1955)
Réalisateur : Paul Mesnier
Scénario : Paul Mesnier
Dialogues : Marcel Franck
Musique : Louis Gasté
Interprètes principaux : Jane Sourza, Raymond Souplex, Jean Carmet... Louis de Funès (Célestin Rabier)

LA LOI DES RUES (1956)
Réalisateur : Ralph Habib
Scénario : Auguste Le Breton, Jean Ferry, Ralph Habib
Dialogues : Auguste Le Breton
Musique : Émile Stern
Interprètes principaux : Jean-Louis Trintignant, Jean Gaven, Josette Arno, Raymond Pellegrin... Louis de Funès (Paulo les chiens)

COURTE TÊTE (1956)
Réalisateur : Norbert Carbonnaux
Scénario : Albert Simonin
Dialogues : Michel Audiard
Musique : Jean Prodomidès
Interprètes principaux : Fernand Gravey, Jean Richard, Jacques Duby et Louis de Funès (Prosper)

LA TRAVERSÉE DE PARIS (1956)
Réalisateur : Claude Autant-Lara
Scénario et dialogues : Jean Aurenche et Pierre Bost, d'après la nouvelle de Marcel Aymé
Musique : René Cloérec
Interprètes principaux : Jean Gabin, Bourvil, Jeannette Batti et Louis de Funès (Jambier, l'épicier)
Louis fait de son petit rôle un grand, derrière Bourvil et Gabin ; La Traversée de Paris *signe la fin de sa traversée du désert.*

COMME UN CHEVEU SUR LA SOUPE (1957)
Réalisateur : Maurice Regamey
Scénario : Jean Redon, Yvan Audouard, Maurice Regamey

Dialogues : Yvan Audouard et Jean Redon
Musique : Georges Van Parys
Interprètes principaux : Louis de Funès (Pierre Cousin, compositeur), Noëlle Adam, Jacques Jouanneau, Robert Manuel
Maurice Regamey est le premier à avoir osé prendre des risques en proposant de Funès comme acteur principal ; Louis reçoit pour son interprétation le Grand Prix du rire en 1957, sa première récompense.

NI VU NI CONNU (1957)
Réalisateur : Yves Robert
Scénario : Yves Robert, Jean Marsan, Jacques Celhay, d'après le roman d'Alphonse Allais
Dialogues : Jean Marsan
Musique : Jean Wiener
Interprètes principaux : Louis de Funès (Blaireau, braconnier), Noëlle Adam, Moustache, Pierre Mondy, Claude Rich
Yves Robert confirme le talent de Louis de Funès en lui offrant la tête d'affiche de son film.

TOTÓ À MADRID, OU UN COUP FUMANT (1958)
Réalisateur : Stefano Vanzina (Steno)
Scénario : Vittorio Metz, Roberto Gianviti
Dialogues : Steno
Musique : Gorni Kramer
Interprètes principaux : Totó, Giacomo Furia, Abe Lane, José Guardiola... Louis de Funès (le professeur Francisco Montiel)

TAXI, ROULOTTE ET CORRIDA (1958)
Réalisateur : André Hunebelle

Scénario et dialogues : Jean Halain
Musique : Jean Marion
Interprètes principaux : Louis de Funès (Maurice Berger, chauffeur de taxi), Raymond Bussières, Annette Poivre, Guy Bertil, Paulette Dubost
Avant de partager la fabuleuse aventure des Fantômas, *Hunebelle met toute sa confiance en Louis, en lui proposant le premier rôle de son film.*

LA VIE À DEUX (1958)
Réalisateur : Clément Duhour
Scénario et dialogues : Sacha Guitry
Musique : Hubert Rostaing
Interprètes principaux : Pierre Brasseur, Danielle Darrieux, Sophie Desmarets, Fernandel, Edwige Feuillère, Jean Marais... Louis de Funès (Me Stéphane)

FRIPOUILLARD ET CIE (1959)
Réalisateur : Steno
Scénario : Vittorio Metz, Roberto Gianviti, Ruggero Maccari et Steno
Dialogues : Jean Halain
Musique : Piero Piccioni
Interprètes principaux : Totó, Miranda Campa, Aldo Fabrizi, Cathia Caro... Louis de Funès (Ettore Curto, conseiller fiscal)

MON POTE LE GITAN (1959)
Réalisateur : François Gir
Scénario : Guy Lionel, Alain Blancel, François Gir
Dialogues : Michel Duran
Musique : Marc Heyral

Interprètes principaux : Jean Richard, Louis de Funès (Védrines, éditeur), Gregory Chmara, Michel Subor
Louis de Funès accompagne son copain Jean Richard dans cette comédie légère. Avant de se retrouver dans Les Bons Vivants *en 1965, ils vont enchaîner encore trois autres films.*

CERTAINS L'AIMENT FROIDE, OU LES RÂLEURS FONT LEUR BEURRE (1959)
Réalisateur : Jean Bastia
Scénario : Jean-Daniel Daninos
Dialogues : Jean Bastia, Guy Lionel, Jean-Daniel Daninos
Musique : Pierre Dudan
Interprètes principaux : Louis de Funès (Ange Galopin), Pierre Dudan, Francis Blanche, Jean Richard, Noël Roquevert

LES TORTILLARDS (1960)
Réalisateur : Jean Bastia
Scénario : Pascal et Jean Bastia
Dialogues : Guy Lionel et Jean Bastia
Musique : Louiguy
Interprètes principaux : Jean Richard, Roger Pierre, Danielle Lebrun... Louis de Funès (M. Durand)

CANDIDE, OU L'OPTIMISTE AU XXe SIÈCLE (1960)
Réalisateur : Norbert Carbonnaux
Scénario : Norbert Carbonnaux, d'après le roman de Voltaire
Dialogues : Norbert Carbonnaux et Albert Simonin
Musique : Hubert Rostaing
Interprètes principaux : Jean-Pierre Cassel, Dahlia

Lavi, Pierre Brasseur, Michel Simon... Louis de Funès (le « gestapiste »)

LE CAPITAINE FRACASSE (1961)
Réalisateur : Pierre Gaspard-Huit
Scénario et dialogues : Pierre Gaspard-Huit, Albert Vidalie, d'après le roman de Théophile Gautier
Musique : Georges Van Parys
Interprètes principaux : Jean Marais, Geneviève Grad, Gérard Barray... Louis de Funès (Scapin)
Louis de Funès fait la connaissance de Geneviève Grad, sa future fille dans les Gendarme.

LE CRIME NE PAIE PAS (1961)
Réalisateur : Gérard Oury
Scénario : Paul Gordeaux, Gérard Oury, Jean-Charles Tachella
Dialogues : Frédéric Dard
Musique : Georges Delerue
Interprètes principaux : Danielle Darrieux, Perrette Pradier, Richard Todd, Raymond Loyer... Louis de Funès (le barman)
De Funès signe le seul petit rôle comique du premier film réalisé par Gérard Oury. C'est lors du tournage de ce film que de Funès dit à Oury qu'il devrait faire des films comiques plutôt que dramatiques. Quatre ans plus tard Le Corniaud *sort de sa 2CV.*

LA BELLE AMÉRICAINE (1961)
Réalisateur : Robert Dhéry
Scénario : Robert Dhéry et Pierre Tchernia
Dialogues : Alfred Adam
Musique : Gérard Calvi

Interprètes principaux : Robert Dhéry, Colette Brosset, Annie Ducaux, Jean Richard, Michel Serrault... Louis de Funès (Viralot, le chef comptable)
Après avoir embarqué de Funès dans Les Belles Bacchantes, *Dhéry récidive en donnant un rôle de petit... chef à son copain Fufu.*

LE GARDE CHAMPÊTRE MÈNE L'ENQUÊTE, OU DANS L'EAU QUI FAIT DES BULLES (1961)
Réalisateur : Maurice Delbez
Scénario : Michel Lebrun, Maurice Delbez
Dialogues : Michel Lebrun
Musique : Pierre Dudan
Interprètes principaux : Pierre Dudan, Louis de Funès (M. Hernzer), Marthe Mercadier, Philippe Lemaire, Maria Riquelme
Ce film rebaptisé quelques années plus tard Le garde champêtre mène l'enquête *avait pour vocation de faire croire au public que de Funès y tenait la vedette, ce qui n'était pas le cas.*

LE DIABLE ET LES DIX COMMANDEMENTS (1962)
Réalisateur : Julien Duvivier
Scénario : Julien Duvivier et Maurice Bessy
Dialogues : René Barjavel, Henri Jeanson, Michel Audiard, Pascal Jardin
Musique : Georges Gavarentz, Michel Magne, Guy Magenta
Interprètes principaux : Fernandel, Germaine Kerjean, Gaston Modot, Françoise Arnoul, Charles Aznavour, Alain Delon, Michel Simon, Lino Ventura... Louis de Funès (Antoine Vaillant)

LE GENTLEMAN D'EPSOM (1962)
Réalisateur : Gilles Grangier
Scénario : Albert Simonin, Michel Audiard, Gilles Grangier
Dialogues : Michel Audiard
Musique : Francis Lemarque, Michel Legrand
Interprètes principaux : Jean Gabin, Madeleine Robinson, Louis de Funès (Gaspard Ripeux, chef cuisinier), Paul Frankeur, Frank Villard
Deuxième rencontre avec « Le vieux ». Le temps n'est toujours pas au beau fixe entre les deux acteurs. En effet, de Funès énerve Gabin.

LA VENDETTA (1962)
Réalisateur : Jean Chérasse
Scénario : Jean Chérasse, Albert Valentin, Jean Clouzot, Jacques Emmanuel
Dialogues : Jacques Emmanuel
Musique : Derry Hall
Interprètes principaux : Francis Blanche, Louis de Funès (Amoretti), Olivier Hussenot, Rosy Varte, Jean Lefèbvre

CARAMBOLAGES (1962)
Réalisateur : Marcel Bluwal
Scénario : Pierre Tchernia
Dialogues : Michel Audiard
Musique : Gérard Calvi
Interprètes principaux : Jean-Claude Brialy, Louis de Funès (Charolais, P-DG), Alfred Adam, Michel Serrault
Coup de chapeau à Jean-Claude Brialy qui se battra pour imposer Louis de Funès à ses côtés dans ce film.

LES VEINARDS (1962)
Réalisateurs : Philippe de Broca
Sketch « Le gros lot », co-réalisé par Jack Pinoteau, Jean Girault
Scénario : Daniel Boulanger, Philippe de Broca
Musique : Jean-Michel Defaye
Interprètes principaux : Louis de Funès (M. Beaurepaire, commerçant), Blanchette Brunoy, France Rumilly

DES PISSENLITS PAR LA RACINE (1963)
Réalisateur : Georges Lautner
Scénario : Clarence Weff, Georges Lautner, Albert Kantof
Dialogues : Clarence Weff, Georges Lautner, Michel Audiard
Musique : Georges Delerue
Interprètes principaux : Louis de Funès (Jockey Jack), Mireille Darc, Michel Serrault, Maurice Biraud, Francis Blanche

POUIC-POUIC (1963)
Réalisateur : Jean Girault
Scénario : Jean Girault, Jacques Wilfrid
Dialogues : Jean Girault
Musique : Jean-Michel Defaye
Interprètes principaux : Louis de Funès (Léonard Monestier, homme d'affaires), Jacqueline Maillan, Mireille Darc, Christian Marin, Philippe Nicaud, Guy Tréjean
C'est le film qui, grâce à son succès commercial, expose de Funès à la France entière ; à partir de cette date, finis les seconds rôles ; Louis a atteint le

statut de vedette et le gardera jusqu'à la fin de sa carrière dans tous ses films. C'est également le premier film de Girault avec de Funès, qui marque le départ d'une longue série (13 au total).

FAITES SAUTER LA BANQUE (1964)
Réalisateur : Jean Girault
Scénario : Louis Sapin
Dialogues : Jacques Wilfrid
Musique : Paul Mauriat
Interprètes principaux : Louis de Funès (Victor, armurier), Jean-Pierre Marielle, Georges Wilson, Jean Lefèbvre, Anne Doat

LE GENDARME DE SAINT-TROPEZ (1964)
Réalisateur : Jean Girault
Scénario : Richard Balducci
Dialogues : Jacques Wilfrid
Musique : Raymond Lefèvre
Interprètes principaux : Louis de Funès (Ludovic Cruchot, gendarme), Geneviève Grad, Michel Galabru, Jean Lefèbvre, Christian Marin, Guy Grosso, Michel Modo, Claude Piéplu, Patrice Laffont
Premier gros succès en salle pour Louis : 7,81 millions de spectateurs se sont déplacés. En l'espace de vingt ans, cinq autres Gendarme *sortiront au cinéma.*

UN DRÔLE DE CAÏD, ou *UNE SOURIS CHEZ LES HOMMES* (1964)
Réalisateur : Jacques Poitrenaud
Scénario et dialogues : Albert Simonin, Michel Audiard
Musique : Guy Béart
Interprètes principaux : Louis de Funès (Marcel),

Dany Saval, Maurice Biraud, Dany Carrel, Robert Manuel, Maria Pacôme
Ce film a été rebaptisé Un drôle de caïd *pour mettre davantage en avant de Funès après le succès du premier* Gendarme.

FANTÔMAS (1964)
Réalisateur : André Hunebelle
Scénario : Jean Halain, Pierre Foucaud, d'après l'œuvre de Marcel Allain
Dialogues : Jean Halain
Musique : Michel Magne
Interprètes principaux : Jean Marais, Louis de Funès (commissaire Juve), Mylène Demongeot, Jacques Dynam
Pour le premier de la série avec Louis de Funès dans le rôle du commissaire Juve, Fantômas *réunit 4,5 millions de spectateurs en France.*

LE CORNIAUD (1965)
Réalisateur : Gérard Oury
Scénario : Gérard Oury et Marcel Jullian
Dialogues : Georges et André Tabet
Musique : Georges Delerue
Interprètes principaux : Bourvil, Louis de Funès (Léopold Saroyan, directeur import-export), Venantino Venantini, Beba Loncar, Alida Chelli
Premier film du trio gagnant Oury, Bourvil, de Funès : un triomphe avec 11,74 millions d'entrées.

UN GRAND SEIGNEUR, ou LES BONS VIVANTS (1965)
Réalisateur : Georges Lautner
Scénario : Albert Simonin

Dialogues : Michel Audiard
Musique : Michel Magne
Interprètes principaux : Louis de Funès (Léon Haudepin, directeur d'une société d'assurance/tenancier d'une maison close), Mireille Darc, Jean Richard, Bernadette Lafont
De Funès dans le rôle coquin et naïf de tenancier de maison close vaut le détour.

FANTÔMAS SE DÉCHAÎNE (1965)
Réalisateur : André Hunebelle
Scénario : Jean Halain, Pierre Foucaud
Dialogues : Jean Halain
Musique : Michel Magne
Interprètes principaux : Jean Marais, Louis de Funès (commissaire Juve), Mylène Demongeot, Jacques Dynam
Fantômas se déchaîne tant bien que mal pour accueillir dans les salles françaises 4,2 millions de fans.

LE GENDARME À NEW YORK (1965)
Réalisateur : Jean Girault
Scénario : Jean Girault, Jacques Wilfrid, d'après une idée de Richard Balducci
Dialogues : Jacques Wilfrid
Musique : Raymond Lefèvre, Paul Mauriat
Interprètes principaux : Louis de Funès (Ludovic Cruchot, gendarme), Michel Galabru, Geneviève Grad, Christian Marin, Jean Lefèbvre, Grosso et Modo
La série des Gendarme *a un effet boule de neige : résultat, 5,5 millions d'entrées pour le deuxième numéro.*

LA GRANDE VADROUILLE (1966)
Réalisateur : Gérard Oury
Scénario : Gérard Oury, Marcel Jullian, Danièle Thompson
Dialogues : Georges et André Tabet
Musique : Georges Auric
Interprètes principaux : Bourvil, Louis de Funès (Stanislas Lefort, chef d'orchestre), Terry Thomas, Benno Sterzenbach, Claudio Brook, Mike Marshall, Marie Dubois, Colette Brosset
Le chef-d'œuvre des chefs-d'œuvre pour ce film qui réunit à nouveau Oury, Bourvil et de Funès : le plus gros succès du cinéma français jamais égalé (17,27 millions d'entrées). « Oh ben dites donc, ça fait deux fois que vous me faites ça ! » Colossal !

FANTÔMAS CONTRE SCOTLAND YARD (1966)
Réalisateur : André Hunebelle
Scénario et dialogues : Jean Halain
Musique : Michel Magne
Interprètes principaux : Louis de Funès (commissaire Juve), Jean Marais, Mylène Demongeot, Jacques Dynam
Le commissaire Juve rend visite à Fantômas en Grande-Bretagne, mais le kilt et l'humour écossais semblent moins séduire le public français : 3,5 millions d'entrées (un million de moins que le premier de la série).

LE GRAND RESTAURANT (1966)
Réalisateur : Jacques Besnard
Scénario : Jean Halain, Louis de Funès et Jacques Besnard

Dialogues : Jean Halain
Musique : Jean Marion
Interprètes principaux : Louis de Funès (Septime, chef réputé d'un restaurant), Bernard Blier, Maria Rosa Rodriguez, Folco Lulli, Venantino Venantini

LE PETIT BAIGNEUR (1967)
Réalisateur : Robert Dhéry
Scénario : Robert Dhéry
Dialogues : Pierre Tchernia, Albert Jurgenson, Michel Modo, Claude Clément, Jean Carmet
Musique : Gérard Calvi
Interprètes principaux : Louis de Funès (Louis-Philippe Fourchaume, Pdg), Robert Dhéry, Andréa Parisy, Colette Brosset, Jacques Legras, Michel galabru, Pierre Tornade
Les retrouvailles Dhéry/de Funès font plaisir au public : 5,54 millions d'entrées.

LES GRANDES VACANCES (1967)
Réalisateur : Jean Girault
Scénario : Jacques Wilfrid, Jean Girault
Dialogues : Jacques Wilfrid
Musique : Raymond Lefèvre
Interprètes principaux : Louis de Funès (Charles Bosquier, directeur de collège), Claude Gensac, Ferdy Mayne, Martine Kelly, Maurice Risch, Olivier de Funès, François Leccia
Gros succès commercial pour ce film qui réunit tous les ingrédients pour rire, et où Louis décroche le Prix Georges Courteline (7 millions d'entrées).
C'est également la première fois que Claude Gensac interprète le rôle de la femme de Louis de Funès.

OSCAR (1967)
Réalisateur : Édouard Molinaro
Scénario : Jean Halain, Edouard Molinaro, Louis de Funès, d'après la pièce de Claude Magnier
Dialogues : Jean Halain
Musique : Jean Marion, Georges Delerue
Interprètes principaux : Louis de Funès (Bertrand Barnier, directeur d'entreprise), Claude Rich, Claude Gensac, Mario David, Agathe Natanson, Sylvia Saurel, Paul Préboist
L'immense succès remporté dans la pièce de Claude Magnier avec Louis de Funès sur les planches s'est confirmé au cinéma avec 6,12 millions d'entrées.

LE TATOUÉ (1968)
Réalisateur : Denys de La Patellière
Scénario : Alphonse Boudard
Dialogues : Pascal Jardin
Musique : Georges Garvarentz
Interprètes principaux : Jean Gabin, Louis de Funès (Félicien Mézeray, antiquaire), Dominique Davray, Lyne Chardonnet, Pierre Guéant
Le duo Gabin/de Funès ne fonctionne pas comme l'aurait souhaité le réalisateur. Chacun n'en fait qu'à sa tête, et ça se voit !

LE GENDARME SE MARIE (1968)
Réalisateur : Jean Girault
Scénario et dialogues : Jean Girault, Jacques Wilfrid, Richard Balducci
Musique : Raymond Lefèvre
Interprètes principaux : Louis de Funès (Ludovic Cruchot, gendarme), Claude Gensac, Michel Galabru,

Geneviève Grad, Jean Lefèbvre, Christian Marin, Guy Grosso
La série des Gendarme *n'en finit pas de séduire le public, notamment avec le tandem qui marche si bien entre de Funès et Claude Gensac « ma biche » : 6,83 millions d'entrées.*

HIBERNATUS (1969)
Réalisateur : Édouard Molinaro
Scénario : Jacques Wilfrid, Louis de Funès, Jean Halain, Jean-Bernard Luc
Dialogues : Jean Halain
Musique : Georges Delerue
Interprètes principaux : Louis de Funès (Hubert de Tartas, industriel), Claude Gensac, Olivier de Funès, Bernard Alane, Martine Kelly

L'HOMME ORCHESTRE (1970)
Réalisateur : Serge Korber
Scénario : Jean Halain, Serge Korber
Dialogues : Jean Halain
Musique : François de Roubaix
Interprètes principaux : Louis de Funès (Evan Evans, directeur d'une troupe de ballet), Noëlle Adam, Olivier de Funès, Paul Préboist, Franco Fabrizzi

SUR UN ARBRE PERCHÉ (1970)
Réalisateur : Serge Korber
Scénario : Pierre Roustang
Dialogues : Jean Halain
Musique : Alain Goraguer
Interprètes principaux : Louis de Funès (Henri Rou-

bier, industriel), Olivier de Funès, Géraldine Chaplin, Alice Sapritch

LE GENDARME EN BALADE (1970)
Réalisateur : Jean Girault
Scénario et dialogues : Jacques Wilfrid
Musique : Raymond Lefèvre
Interprètes principaux : Louis de Funès (Ludovic Cruchot, gendarme), Michel Galabru, Jean Lefèbvre, Christian Marin, Claude Gensac, Grosso et Modo, France Rumilly
Le Gendarme en balade *promène le public partout en France avec quelque 4,87 millions de spectateurs en salle.*

JO (1971)
Réalisateur : Jean Girault
Scénario et dialogues : Claude Magnier
Musique : Raymond Lefèvre
Interprètes principaux : Louis de Funès (Antoine Brisebard, auteur à succès), Claude Gensac, Bernard Blier, Michel Galabru, Ferdy Mayne, Guy Tréjean, Jacques Marin
Sans doute l'un des meilleurs Jean Girault. Le seul film avec Des pissenlits par la racine *où de Funès tue quelqu'un (par inadvertance).*

LA FOLIE DES GRANDEURS (1971)
Réalisateur : Gérard Oury
Scénario et dialogues : Gérard Oury, Marcel Jullian, Danièle Thompson
Musique : Michel Polnareff
Interprètes principaux : Louis de Funès (don Salluste,

ministre du roi), Yves Montand, Alberto de Mendoza, Gabriele Tinti, Karin Schubert, Alice Sapritch
La Folie des grandeurs *n'atteint pas le score attendu, mais réunit tout de même en salle plus de 5,56 millions d'entrées (à croire que le trio Oury, de Funès, Montand ne fonctionne pas si bien).*

LES AVENTURES DE RABBI JACOB (1973)
Réalisateur : Gérard Oury
Scénario : Gérard Oury
Dialogues : Danièle Thompson, Josy Eisenberg
Musique : Vladimir Cosma
Interprètes principaux : Louis de Funès (Victor Pivert, industriel), Henri Guybet, Suzy Delair, Marcel Dalio, Claude Giraud, Claude Piéplu, Jacques François, Miou-Miou
Notre de Funès, en rabbin sous la houlette d'Oury, a séduit toute la France avec 7,3 millions d'entrées : Louis est au sommet de son art.

L'AILE OU LA CUISSE (1976)
Réalisateur : Claude Zidi
Scénario et dialogues : Claude Zidi, Michel Fabre
Musique : Vladimir Cosma
Interprètes principaux : Louis de Funès (Charles Duchemin, directeur du guide du même nom), Coluche, Julien Guiomar, Claude Gensac, Ann Zacharias
Les Français attendaient avec impatience le retour de Louis de Funès après son infarctus ; plus de 5,84 millions d'entre eux se sont déplacés en salle.

LA ZIZANIE (1978)
Réalisateur : Claude Zidi

Scénario : Pascal Jardin, Claude Zidi, Michel Fabre
Dialogues : Pascal Jardin
Musique : Vladimir Cosma
Interprètes principaux : Louis de Funès (Guillaume Daubray-Lacaze, entrepreneur et maire), Annie Girardot, Julien Guiomar, Maurice Risch
Malgré le fabuleux tandem de Funès/Girardot, le public n'a pas suivi cette fois (2,78 millions d'entrées tout de même).

LE GENDARME ET LES EXTRATERRESTRES (1979)
Réalisateur : Jean Girault
Scénario et dialogues : Jacques Wilfrid sur une idée de Richard Balducci
Musique : Raymond Lefèvre
Interprètes principaux : Louis de Funès (Ludovic Cruchot, gendarme), Michel Galabru, Maria Mauban, Maurice Risch, Jean-Pierre Rampal, Grosso et Modo, Jacques François, France Rumilly
Le filon des Gendarme *est loin d'être épuisé puisque 6,28 millions de personnes ont couru voir ce film, ce qui rassure aisément Louis et le place toujours comme le comique préféré des Français.*

L'AVARE (1980)
Réalisateur : Louis de Funès, Jean Girault
Scénario et dialogues : Jean Girault, Jean Halain, d'après la pièce de Molière
Musique : Jean Bizet
Interprètes principaux : Louis de Funès (Harpagon, riche veuf), Franck David, Claire Dupray, Hervé Bellon, Michel Galabru, Claude Gensac, Bernard Menez
Même si le film d'après la pièce de Molière n'a pas

marché comme de Funès l'attendait, « de Funès, c'est pas Molière, mais c'est de Funès et c'est déjà pas mal », dira Galabru.

LA SOUPE AUX CHOUX (1981)
Réalisateur : Jean Girault
Scénario et dialogues : Louis de Funès, Jean Halain, d'après le roman de René Fallet
Musique : Raymond Lefèvre
Interprètes principaux : Louis de Funès (Claude Ratinier dit Le Glaude, paysan), Jean Carmet, Jacques Villeret, Christine Dejoux, Claude Gensac
Un des rares films où Louis de Funès se débarrasse de son personnage de « petit chef » veule et pingre.

LE GENDARME ET LES GENDARMETTES (1982)
Réalisateur : Jean Girault et Tony Aboyantz
Scénario : Jacques Wilfrid d'après les personnages imaginés par Richard Balducci
Dialogues : Jacques Wilfrid
Musique : Raymond Lefèvre
Interprètes principaux : Louis de Funès (Ludovic Cruchot, gendarme), Michel Galabru, Maurice Risch, Grosso et Modo, Claude Gensac, Patrick Préjean, Jacques François, France Rumilly
Dernier film de Louis de Funès et, malheureusement, on est loin du chef-d'œuvre ; qu'importe, Louis est allé jusqu'au bout du rire.

Au théâtre

LE ROYAL DINDON (1926)
Comédie de Bodèse
Louis est au collège, il a douze ans et brûle ses premières planches.

L'AMANT DE PAILLE (1944)
Comédie de Marc-Gilbert Sauvajon
Avec Meg Lemonnier, Jean-Pierre Aumont, Tramel, Bernard Blier... Louis de Funès (figurant remplaçant)

LA MAISON DE BERNARDA (1945)
Pièce de Federico Garcia Lorca
Mise en scène de Maurice Jacquemont
Avec Germaine Kerjean, Marthe Mellot, Geneviève Esteve, Silvia Monfort... Louis de Funès (figurant, femme de cortège)

WINTERSET (1946)
Mélodrame de Maxwell Anderson
Mise en scène d'André Certes
Avec Renaud Mary, Yves Vincent, Marie Carlot, Jean-Roger Caussimon, Daniel Gélin... Louis de Funès (figurant, le clochard)

THERMIDOR (1948)
Pièce de Claude Vermorel
Mise en scène de Claude Vermorel
Avec Claire Mafféi, Gisèle Grand Pré, Claude Ferna, Michel Vitold, Jean Servais, Gérard Oury... Louis de Funès (Hanriot)

UN TRAMWAY NOMME DÉSIR (1949)
Pièce de Tennessee Williams
Mise en scène de Raymond Rouleau
Avec Arletty, Yves Vincent, Helena Bossis, Daniel Ivernel, Milly Mathis, Maurice Regamey... Louis de Funès (Pablo)

DOMINIQUE ET DOMINIQUE (1951)
Comédie de Jean Davray
Mise en scène de Raymond Rouleau
Avec Jacques François, Lucien Nat, Madeleine Delavaivre... Louis de Funès (M. Ernest)

LA PUCE À L'OREILLE (1952)
Pièce de Georges Feydeau
Mise en scène de Georges Vitaly
Avec Pierre Mondy, Jean Le Poulain, Camille Fournier, Marthe Mercadier... Louis de Funès (Augustin Ferraillon)

AH ! LES BELLES BACCHANTES ! (1953)
Pièce de Robert Dhéry, Francis Blanche et Gérard Calvi
Mise en scène de Robert Dhéry
Avec Jacqueline Maillan, Louis de Funès (Lebœuf), Jacques Beauvais, Jacques Legras, Anik Tanguy, Rosine Luguet.
C'est la pièce qui fait parler de De Funès dans le Tout-Paris.

POPPI (1955)
Farce napolitaine de Georges Sonnier
Mise en scène de Pierre Valde

Avec Louis de Funès (Poppi), Maryse Paillet, Maurice Vallier, Marie-Blanche Vergner, Jacques Thebault...
De Funès joue le premier rôle de la pièce.

ORNIFLE (1955)
Comédie de Jean Anouilh
Avec Pierre Brasseur, Jacqueline Maillan, François Guérin, Marcel André, Catherine Anouilh... Louis de Funès (Machetu)

FAISONS UN RÊVE (1957)
Comédie de Sacha Guitry
Mise en scène de Sacha Guitry
Avec Robert Lamoureux, Danielle Darrieux, Louis de Funès (le mari), Max Montavon
Comment de Funès aurait-il pu refuser un rôle proposé par le maître Sacha Guitry ?

OSCAR (1959, 1961)
Pièce de Claude Magnier
Mise en scène de Jacques Mauclair
Avec Louis de Funès (M. Barnier), Denise Provence, Guy Bertil, Mario David, Dominique Page
C'est Oscar *qui apportera la notoriété nationale à notre comique. Il y est époustouflant !*

LA GROSSE VALSE (1962)
Comédie de Robert Dhéry
Mise en scène de Robert Dhéry
Avec Louis de Funès (le douanier Roussel), Robert Dhéry, Colette Brosset, Jacques Legras, Liliane Montevecchi, Grosso, Modo, Pierre Tornade

Dhéry écrit une pièce sur mesure à la demande de son copain de Funès.

OSCAR (1971-1972)
Pièce de Claude Magnier
Mise en scène de Pierre Mondy
Avec Louis de Funès (M. Barnier), Olivier de Funès/Gérard Lartigau, Annick Alane/Maria Pacôme, Mario David, Laurence Badie, Corinne Le Poulain
De Funès explose par son génie comique. Il va jusqu'à répéter dix fois la même réplique ou les mêmes gestes pour faire rire son public. La trouvaille de la scène du nez y est mémorable.

LA VALSE DES TORÉADORS (1973)
Pièce de Jean Anouilh
Mise en scène de Jean Anouilh et Roland Pietri
Avec Louis de Funès (le général), Luce Garcia-Ville, Gabriel Gobin, Roland Pietri, Mony Dalmes, Pierre Haudebourg, Sabine Azéma
Sans doute le coup de trop pour Louis de Funès qui après s'être épuisé dans Rabbi Jacob, *enchaîne avec cette pièce d'Anouilh ; il y est fabuleux, donne tout ce qu'il a, mais son cœur lâche pour la première fois quelques mois plus tard. Il ne remontera jamais sur les planches : ordre des médecins...*

REMERCIEMENTS

Je tiens à remercier toutes les personnes qui ont contribué à la sortie de ce livre, depuis le projet initial jusqu'au manuscrit final. Je remercie tout particulièrement M. Christian Blachas (le monsieur Pub de la télé) pour m'avoir fait confiance et pour m'avoir aidé à convaincre mon éditeur, Michel Lafon.

Je veux ensuite remercier toutes les personnes qui de près ou de loin m'ont permis d'écrire ce livre et qui reconnaîtraient certaines de leurs citations ou anecdotes : je pense notamment à Olivier de Funès, Gérard Oury, Jacques François, Michel Galabru, Jean-Claude Brialy, Mylène Demongeot, Claude Gensac, Jean-Jacques Jelot Blanc, Annie Girardot, Daniel Gélin, Geneviève Grad, Brigitte Kernel, Jean-Marc Loubier, Vladimir Cosma, Christian Marin, Serge Korber, Édouard Molinaro, Claude Zidi, Henri Guybet, Raymond Lefèvre, Maurice Risch, Claude Piéplu, Pierre Mondy, Jean-Michel Couve, les habitants de Saint-Tropez, l'abbé Maurice, les habitants du Cellier, mais aussi Kamel et Frédéric Zamochnikoff pour leur soutien.

Un « merci posthume » tout particulier à certaines célébrités malheureusement disparues trop tôt et qui témoignaient à l'époque de Louis de Funès : Bourvil bien sûr, mais aussi Jean Marais, Yves Montand, Jean Gabin, Jean Carmet, Bernard Blier, André Hunebelle, Jean Girault et Coluche.

Merci enfin à vous tous et à vous toutes d'avoir fait le choix de lire cet ouvrage, en espérant qu'il vous plaira et qu'il vous fera partager cette passion commune : celle d'aimer et de comprendre Louis de Funès, l'acteur.

Table

Composition réalisée par PCA

Imprimé en France sur Presse Offset par

BRODARD & TAUPIN

GROUPE CPI

La Flèche (Sarthe).
N° d'imprimeur : 32235 – Dépôt légal Éditeur : 63983-11/2005
Édition 01
LIBRAIRIE GÉNÉRALE FRANÇAISE – 31, rue de Fleurus – 75278 Paris cedex 06.
ISBN : 2 - 253 - 11497 - 9

31/1497/2